쥐뿔도 모르는 꼰대의 엉터리 심리학

김학민 에세이

쥐뿔도 모르는 꼰대의 엉터리 심리학

생각나눔

목차

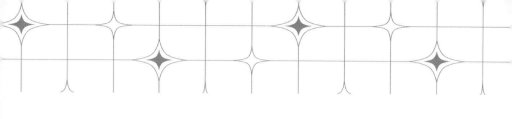

2부
겁나 고생만 시키는
남편의 엉터리 심리학

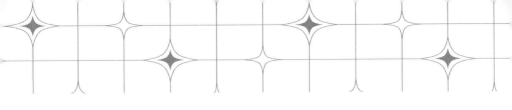

3부
나이만 처먹은
아들의 엉터리 심리학

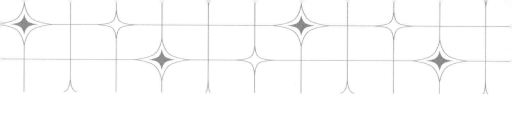

4부
마주치고 싶지 않은
동네 아저씨의 엉터리 심리학

마음의 빛을 찾고 싶어서

「파란 마음 하얀 마음」이란 동요를 참 좋아합니다. "우리들 마음에 빛이 있다면" 하고 시작하는 노래요. 초등학교 음악 시간에 처음 배웠는데, 마음에 솔솔 와 닿더라고요. 옆반 음악 시간에 노랫소리가 우리 교실에 들려오면 선생님 몰래 소곤소곤 따라 부르기도 했었답니다. 왜 좋았는지는 똑 부러지게 설명하기 어려워요. 그냥 좋았습니다.

어른이 되어서도 이따금 「파란 마음 하얀 마음」을 흥얼거렸습니다. 노래가 좋은 까닭은 여전히 풀지 못했지만, 한 가지는 똑똑히 알겠더군요. 우리들 마음엔 빛이 있었습니다. 노랫말에 나오는 '여름의 파란빛', '겨울의 하얀빛'뿐만이 아니었어요. 64색 크레파스보다 더 많은 빛이 우리들 마음엔 있었습니다. 기쁨빛, 슬픔빛, 분노빛, 눈물빛, 부끄러움빛, 거짓말빛…. 알아보기 힘든 빛도, 어울리는 이름을 붙이기 힘든 빛도 무척 많았습니다.

내 안에도 수많은 빛이 있었습니다. 어디서 잠자고 있었던 것인지, 본디 내가 갖고 태어난 것인지, 내 빛이 맞는 것인지 헤아리기 힘든 빛이 시시때때로 눈에 띄었습니다.

나를 비롯해 더불어 살아가는 사람들에게서 다채롭게 빛나는 빛을 보자 욕심이 생기더군요. 언어로 표현하고픈 욕심이 자꾸만 꿈틀거렸습니다. 그 욕심을 가라앉히지 못하고 끝내 펜을 들고 말았습니다. '욕심빛'에 휘둘려 버린 것이죠.

하지만 언어를 다루는 재주가 턱없이 모자랐습니다. 이래야 하나 저래야 하나 끙끙 앓다가 엉터리로 하고 말았습니다. 엉터리로 쓴 글을 세상에 내놓았다고 꾸지람을 들을까 솔직히 조마조마하네요. 혼내고 싶은 마음이 들더라도 부디 살살 혼내 주시기 바랍니다. 다음에 기회가 된다면 한결 나아진 모습 보여드리겠습니다.

이제 독자에게 『쥐뿔도 모르는 꼰대의 엉터리 심리학』을 바칩니다. 그리고 조심스레 기도합니다. 책장을 덮은 뒤 자그마한 행복이 가슴에 남기를!

진짜 마지막으로 한마디만 덧붙이겠습니다. 책 속에는 나의 두 딸이 등장합니다. 맏딸 이름은 별아인데, 이건 실제 이름이 아니라 딸아이의 태명입니다. 작은딸은 수인이라 소개하고 있는데, 이건 동생이 태어나면 붙여 주려고 미리 지어 놓은 이름입니다. 하지만 작은딸이 태어났을 때 준비해 놓은 이름 말고 다른 이름을 붙여 주었습니다. 책 속에서 딸들의 실명을 쓰지 않은 것은 혹시라도 녀석들에게 생채기를 남길까 싶어 걱정한 탓입니다. 부모의 노파심이니, 너그럽게 받아들여 주시길 부탁드릴게요.

김학민 드림

1부

하루 종일 들들 볶는
아빠의 엉터리 심리학

1.

변신 성장 욕구

수인이 목욕을 마친 다음 로션을 발라 줄 차
례였다. 아이를 눕힌 채 머리부터 발끝부터 마사지하듯 정성 들여
바르고 있는데, 뜻밖의 질문이 날아왔다.

"아빠, 왜 아빠만 털이 있고 난 없어?"

수인이의 시선은 내 겨드랑이에 머물러 있었다. 아이 목욕시킬
때는 보통 러닝셔츠 바람이기에 겨드랑이털이 고스란히 드러난다.

"푸하하, 겨드랑이털?"

"이게 겨드랑이야?"

지적 성장이 느린 수인이는 일곱 살이지만 겨드랑이라는 명칭을
몰랐다.

"응. 너도 어른 되면 털 나. 엄마도 털 있어."

"언니는?"

"언니는 아직 없어. 털이 나려면 나이를 좀 더 먹어야 돼."

수인이는 뜻 모를 미소를 입에 물었다. 그러더니 정말 엉뚱한 말을 뱉으며 큭큭거렸다.

"나도 빨리 깃털 생겨서 하늘 날고 싶다."

순간 '깃털'이 아니라 '겨털'이라 한 줄 알았다. 하지만 깃털이 맞다는 것을 금방 알게 되었다. 겨드랑이털을 방금 알게 된 녀석이 줄임말을 알 리 없고, 겨털로는 하늘을 날 수도 없으니 말이다.

"아빠도 하늘 못 나는데?"

"그냥."

그냥이라. 못 날 줄 알지만 그냥 해 본 말이란 뜻일까? 수인이는 진짜 깃털 같은 겨털로 비행하는 상상을 하는지 방긋방긋 웃었다. 나는 아이의 기분 좋은 상상을 굳이 깰 필요는 없을 것 같아 미소만 지어 주었다.

그날 밤 수인이의 말을 곱씹었다. 말 속에서 아이의 속마음을 찾아내려고 끙끙거렸다. 겨드랑이털에서 깃털을 연상한 녀석이 신통했지만, 신통함에 만족하고 있으면 안 될 것 같았다. 자녀 양육에 필요한 메시지가 숨어 있는 것만 같았고, 아빠로서 당연히 그것을 캐내야 했다.

단순히 새처럼 날고 싶은 마음을 표현했다고는 보이지 않았다. '어른의 겨드랑이털'과 뭔가 어긋나는 느낌이 들어 평범하게 정리할 수 없었다. 나는 실마리를 얻기 위해 수인이와 함께한 시간들을 곰곰 되새겨 보았다. 불쑥, 한 가지 낱말이 새처럼 날아올랐다. 그 낱말은 바로 '성장'이다.

수인이는 언니 별아와 다섯 살 터울인지라 '찐' 막내 취급을 받았다. 언니가 라면을 먹을 때 덜 자극적인 우동을 먹어야 했고, 언니가 밖에서 친구와 놀 때 집에서 엄마 아빠랑 놀아야 했다. 언니가 혼자 방을 쓰는 것엔 부러움을, 언니만 핸드폰이 있는 것엔 불만을 품었다. 언니도, 본인도 똑같은 어린이인데, 그 어린 언니와 해와 달처럼 또렷하게 구별되는 삶에 적잖이 스트레스를 느꼈다. 머리가 굵어질수록 그 스트레스가 커지는지 요즘 이 마음속 짓눌림을 내뿜는 말과 행동을 종종 했다. 단적인 예로, 언니에게 이런 참견을 한 적이 있었다. 언니가 안방에다 핸드폰을 충전시켜 놓고 자기 방에서 슬라임 놀이를 하고 있는데, 수인이가 쪼르르 가더니 엉뚱한 말을 던졌다.

"언니, 아직 충전 안 됐다."

그 모습이 언뜻 귀여웠지만, 혼자 있고 싶은 언니를 의도적으로 훼방 놓는 모습으로 비쳤다. 충전기에 연결한 지 5분도 안 지난 때였기 때문이다. 역시나 언니는 짧고 퉁명스럽게 대꾸했다.

"알고 있어."

겨드랑이에 깃털을 달고 날고 싶은 수인이. 나는 새의 몸뚱이와 사람 얼굴을 하고 파다닥거리는 수인이를 상상하며 생각했다.

'빨리 크고 싶은 모양이구나….'

아무래도 그게 맞는 것 같았다. 나는 어서 어른처럼 자라기를 꿈꾸는 수인이의 마음을 이렇게 정의했다. '변신 성장 욕구.'

단숨에 훅 자라고 싶지만 그건 불가능하다. 불가능을 아는 수인이는 변신을 통해서라도 성장을 이루고 싶은 게 아닐까?

2.

완전체 증후군

아내는 치킨집에서 오후 4시부터 자정까지 일한다. 새벽 1시 넘어 집에 오기 때문에 두 딸은 맨날 엄마를 못 보고 잔다. 아이들 재우는 건 오롯이 내 몫이다. 프리랜서인 나는 재택근무를 하면서 아내가 출근한 뒤 두 딸을 도맡는다. 아이들은 싫든 좋든, 죽으나 사나 아빠와 함께 남은 하루를 보내야만 한다. 작은딸 수인이가 태어나기 전부터, 맏딸 별아가 갓난아기 때부터 우리 가족은 이렇게 살았다.

아내는 일주일에 한 번, 평일에만 쉰다. 쉬는 날 몸도, 맘도 편히 못 쉬고 아이들과 함께 보낸다. 엄마의 빈자리를 하루에 다 채워 주고 싶어서다. 아이들도 엄마가 쉬는 날은 엄마 껌딱지로 변한다. 열두 살 별아는 이제 좀 덜하지만, 일곱 살 수인이는 한창이다.

나는 한 달에 한두 번쯤 아내가 쉬는 날을 골라 외출한다. 친구를 만나거나 조용한 곳에서 혼자만의 시간을 보낸다. 온종일도 아니고 기껏해야 반나절쯤 되는 시간인데, 별아는 아빠가 가족과 떨어지는 것을 퍽이나 섭섭해한다.

"아빠가 집에 있으면 엄마가 나가고, 엄마가 집에 있으면 아빠가 나가고…."

별아가 버릇처럼 하는 이 말은 사실과 꽤 다르다. 엄마는 일하러 나가는 거고, 아빠는 진짜 한 달에 한두 번 나가는 거니까. 어쩌다 엄마도 쉬는 날 친구를 만날 때가 있지만, 그건 정말 서너 달에 한 번꼴이니까. 엄마 역시 해 질 녘까지 밖에서 놀다 오는 일은 결단코 없다.

별아가 아홉 살 무렵이었던 걸로 기억한다. 어느 날, 아내에게만 알리고 잠깐 시내 서점에 다녀왔다. 내가 집에 돌아왔을 때 아내와 두 딸이 맞아주었다. 그런데 수인이와 별아의 낯빛이 판이했다. 수인이 얼굴은 봄처럼 환한데, 별아 얼굴은 겨울처럼 어두웠다.

"별아야, 기분 안 좋아? 무슨 일 있었어?"

나의 물음에 별아는 저기압의 목소리로 동문서답했다.

"아빠, 어디 갔다 왔어?"

"응? 서점에, 일 때문에…."

그때 느닷없이 별아가 눈물 소나기를 퍼부었다.

"왜? 왜 울어, 별아야?"

"나한테 말을 하고 갔어야지!"

별아는 바락 소리를 지르고는 서럽게 울었다. 당황한 나는 미안하다는 말만 되풀이했다.

그날 뒤로 외출할 일이 생기면 꼬박꼬박 별아에게 보고했다. 그 보고는 지금도 철저하게 실천하고 있다. 아빠의 보고를 들은 별아는 언제나 웃음으로 외출을 허락해 준다. 쓴웃음이 섞인 웃음이긴 하지만.

친구랑 신나게 놀 때, 우리 네 식구가 함께 나들이 갈 때. 별아에게 언제 행복하냐고 물으면 이 두 가지를 꼽는다. 친구랑 놀 때는 내가 보지 못해서 모르겠지만, 온 가족이 모여 놀 때는 별아의 얼굴에 예쁜 달빛이 어린다. 엄마 아빠의 '2교대' 돌봄을 받는 아이에게 네 식구가 하나 되는 시간은 최고로 즐거운 시간인 모양이다. 별아는 셋이, 그러니까 아빠나 엄마 중 한 사람이 빠진 채로 뭔가 하는 것을 그다지 반기지 않는다. 넷이 있을 때와 셋이 있을 때의 얼굴이 두 사람처럼 다르다.

네 식구가 언제나 함께하기를 바라는 별아의 마음을 '완전체 증후군'이라 부르고 싶다. 별아에게 있어 완전체는 곧 행복이다.

딸의 행복을 위해서 우리 가족은 똘똘 뭉쳐야 할 의무가 있다.

3.

식구 상생 욕구

옛말 틀린 말 하나 없다지만, 꼭 하나는 틀린 것 같다. 적어도 내 경우엔 안 맞는다. 그 말은 바로 이거다.

부모는 자식이 밥 먹는 모습만 봐도 배가 부르다.

두 딸을 키우면서 이런 적이 있었나 싶을 만큼 기억이 가물가물하다. 나는 자식이 밥 먹는 모습을 보면 더 먹고 싶어진다. 오히려 배가 고파진다. 밥뿐만 아니라 과자, 아이스크림도 마찬가지다. 특히 과자가 힘들다. 소리까지 더해져서다. 녀석들이 바사삭 바사삭 씹어 먹는 소리는 내 침샘을 못 견디게 간지럽힌다. 먹고 싶은 생각이 손톱만큼도 없었는데도 눈이 가고, 마음이 가고, 손이 간다.

별아도, 수인도 먹성이 끝내준다. 먹는 모습도 참 복스럽다. 물끄러미 보고 있으면 행복이 솔솔 피어오른다. 그 행복 사이에 어김없이 식욕이 끼어드는 게 문제지만. 한번은 별아가 식탁에서 나초를 냠냠 먹고 있었다. 나도 나초를 좋아하는 터라 금방 군침이 돌았다.

"아빠 조금만 먹어도 돼?"

"응."

별아는 생글생글 웃으며 대답했다. 나도 미소를 입에 물며 과자 봉투에 손을 넣었다. 넣을 때는 몇 조각만 집으려고 했는데, 뺄 때는 한주먹이 가득 차고 말았다. 곧바로 별아 얼굴에서 웃음기가 사라졌다.

"아빠, 너무 많잖아!"

이번엔 내가 생글생글 웃었다.

"이 정도 가지고 뭘 그래. 식구끼리 좀 나눠 먹자."

말을 마치자마자 서둘러 나초를 입안에 털어 넣었다. 혹시 다시 내놓으라고 할까 봐.

짭조름한 나초의 맛을 온몸으로 느끼다가 문득 영화 「비열한 거리」의 대사가 떠올랐다.

"식구란 건 말이여. 같이 밥 먹는 입구녁이여. 입구녁 하나, 둘, 서이, 너이, 다섯, 여섯, 나까지 일곱. 이것이 다 한 입구녁이여. 알

겄냐? 그면 저 혼자 따로 밥 먹겠다는 놈은 머여? 그건 식구가 아

니고 호로 새끼여. 그냐 안 그냐?"

영화 속 인물 병두(조인성 분)는 조직폭력배의 중간 보스다. 병두

는 한패거리 동생들에게 의리를 강조하기 위해 자신의 '식구론(食

口論)'을 펼친다. 개인적으로 나는 이 장면이 참 인상 깊었다. 그래

서 가족이 모여 맛있는 음식을 먹을 때 이따금 "식구가 뭐야? 같

이 밥 먹는 입이야." 하며 농담을 던지곤 했다. 가족이 함께 음식

을 나누는 시간이 무척 소중하다는 것을 나름 재치 있게 알리려

는 의도였다. 의도와 달리 반응이 좋았던 적은 없다.

딸들이 음식을 먹을 때 나도 먹고 싶은 마음이 샘솟는 현상은

아마도 식구를 향한 애착에서 비롯된 것 같다. 이걸 '식구 애착증'

이라 부를까? 아니, '식구 상생 욕구'가 조금 더 고상한 느낌이 든

다. 두 딸이 밥을 먹을 때 내가 안 먹으면, 그래서 어린 딸들을 남

기고 내가 죽으면, 그런 일은 절대 일어나서는 안 된다. 딸들은 물

론 아내에게도 불행이다. 나도 꾸역꾸역 먹어서 함께 살아야 한다.

간절한 마음으로 딸들에게 한마디 남겨야겠다.

"애들아, 아빠 입도 입이야. 우리 네 식구는 같이 밥 먹는 입이

란다."

4.

1차 육아 보상심리

"뛰지 마!"

거실에서 욕실로 달려가는 수인이를 보자 자동으로 이 말이 튀어나왔다. 뒤이어 한숨이 폭 새어 나왔다.

'또 뛰지 말라고 말했네.'

공동주택에 살아서 층간소음에 민감하다. 나는 아이들이 조금만 뛰어도, 뛰려는 기색만 보여도 바로 제지한다. 문제는 제지법의 차이다. 아니, 어쩌면 차별일지도 모르겠다.

별아는 이제 뛰는 일이 아주 드물다. 멀리 떨어져 있는 핸드폰이 울릴 때 급한 마음에 달리는 경우가 있는데, 그 외에는 늘 걸어 다닌다. 물론 지금 수인이만 할 때는 아무 때고, 아랑곳없이 뛰어다녔다. 그때 나는 별아에게 이렇게 말했다.

"걸어 다니자."

'뛰지 마.'라고 말하지 않은 건 금지의 지시를 내리는 게 바람직하지 않다는 생각에서였다. 대안을 제시하며 행동을 바꾸도록 유도하는 게 정서에 좋을 거라는 믿음이 있어서였다.

그런데 수인이에게는 '뛰지 마.'라는 표현을 버릇처럼 쓰고 있다. '걸어 다니자.'라고 안 하고 번번이 금지의 지시를 내린다. 처음부터 그랬던 건 아닌데, 네다섯 살까지는 걷기 유도를 곧잘 했는데, 그 이후로는 까마득한 옛날 일이 되어 버렸다.

아빠에게 뛰지 말라며 제지를 당한 수인이는 움찔 놀라 멈춰 섰다. 그러고는 내 눈치를 살살 살피며 욕실로 들어갔다.

'미안해.'

나는 쩨쩨하게 마음속으로 사과했다. 이어서 마음속으로 스스로를 비꼬았다.

'미안하다고 하면 뭐하냐? 다음에 또 그럴 거면서.'

수인이가 태어났을 때 나는 잘 키울 자신이 있었다. 별아를 키운 경험이 자신감을 심어 주었다. 한 번 시행착오를 겪었으니까 잘못을 되풀이하지 않을 거라 확신했다. 하지만 웬걸, 내 자신감과 확신은 금방 휴지 조각이 되어 버렸다.

뛰는 행동에 대한 제지부터가 그랬다. 애초 나는 수인이의 머리를 쓰다듬으며 '집에선 사뿐사뿐 걷자.' 하고 타이를 계획이었다. 우습게도 그건 진짜 계획에만 그쳤다. 별아가 어렸을 땐 식탁에 밥을 흘려도 아홉 번 참고 열 번째에 화를 냈다. 하지만 수인이가 그러면 세 번밖에 못 참았다. 별아가 징징댈 땐 달랠 마음부터 품었는데, 수인이가 징징댈 땐 짜증부터 냈다. 나는 차별 끝판왕 아빠로 변해 버린 거다.

나는 왜 변했을까? 무엇이 나를 나쁜 아빠로 변하게 했을까?

내가 변한 까닭은 내가 못난 탓이다. 나를 나쁜 아빠로 변하게 한 건 바로 나다.

아무래도 내 눈높이에서 아이의 잘못이라고 여기는 일을 두 번 보기가 싫었던 것 같다. 별아에서 딱 그치기를 바랐던 게 가려진 진심이었던 모양이다. 솔직히 예상 밖이었다. 맏이가 저질렀던 잘못된 행동을 둘째에게서 또 보게 되었을 때 아빠로서 넉넉히 품어 줄 줄 알았다. 인색하게 밀어낼 줄은 정말 몰랐다. 그 몰랐던 얼굴이 아빠인 나의 진짜 얼굴이었다. 수인이는 가엾게도 아빠의 짜증과 화를 뒤집어쓰면서 아빠의 거울이 되어 준 거다.

나는 막연히 보상을 받기 원했던 게 아닐까 싶다. '1차 육아 보상심리'가 작동했다고 해야 할까? 1차 때 맏이를 키우느라 힘들었던 걸 보상받고 싶은 마음이 깊은 곳에 도사리고 있던 게 틀림없다. 이걸 진작 알았더라면 2차인 수인이에게 지금보다 아주 조금은 잘해 주었을 것 같은데…. 불현듯 등골이 오싹해진다. 혹시 그 보상을 수인이에게 받고 싶었던 건 아닌가 싶어서.

나에게는 수인이가 '알아서 잘해 주기를 바라는 마음'이 있었다. 그 마음이 바로 보상심리가 아닐까?

아무튼 수인이를 키우면서 별아만 키울 때보다 딸들에게 미안한 마음이 들 때가 배는 많아졌다. 수인이한테 미안한 점도 많지만, 별아한테 미안한 점 또한 많다. 수인이는 아빠한테 혼나면 언니한테 가서 울면서 안긴다. 별아는 언니답게 수인이를 달래며 다독인다. 그 모습이 아빠인 내게 무한 죄책감을 불러온다. 별아는 아빠에게 혼났을 때 울면서 안길 사람이, 토닥이며 안아 줄 엄마가 곁에 없는 때가 많았기 때문이다.

'별아야, 아빠가 야단치고 화낼 때 많이 무서웠지? 혼자 감당하느라 얼마나 외로웠니? 미안해. 미안하다는 말밖에 할 수가 없어서, 또 미안하구나.'

불안하다. 맨날 사과만 하는 사이 딸들이 쑥 자라날 것 같아서 말이다. 도대체 사랑은 언제 주려고 이러고 있나 모르겠다.

5.

꼰대 선입견 매몰중

에어프라이어에 고등어를 구워 서녁 반찬으로 내놓았다. 별아도, 수인이도 생선을 좋아하지는 않지만 이따금 나오는 고등어구이는 잘 먹는다. '이따금'이라고 했지만 사실 '어쩌다'가 맞는 표현이겠다. 1년에 여섯 번쯤 먹을까 말까니까.

생선을 자주 안 먹는 까닭이 딸들의 입맛 때문만은 아니다. 내가 가시를 발라주기 귀찮은 것도 포함된다. 세심하게 발라내도 가시가 나올 때가 있다. 별아는 먹다가 가시를 골라낼 수 있을 만큼 컸지만, 수인이는 아직 그런 능력이 부족하다. 자칫 목에 걸리면 일이 커질 수도 있다. 솔직히 나는 그 '일 커짐'이 성가시다. 내가 가시를 빼낸다면 다행이지만 못 빼내면 병원에 가야 한다. 별아를 집에 혼자 둘 수 없으니 둘 다 데려가야 하는데, 그게 보통 일이 아니다. 때문에 되도록이면 생선은 아내가 집에 있을 때 먹는다. 나 혼자 큰일을 맞닥뜨리기 싫으니까.

그날은 아내가 없는 저녁이기에 한층 신경을 기울여 가시를 발라냈다. 딸들이 생선을 입에 넣고 오물거릴 때 혹시 가시가 나오나 더 눈여겨보았다. 다행히 별 탈 없이 즐거운 저녁 식사가 이어졌다.

"고등어 진짜 맛있어. 아빠 요리 최고!"

수인이가 립서비스를 섞어 아빠를 칭찬했다. 그러자 별아도 가만있기 멋쩍었는지 한마디 꺼냈다.

"나두. 학교에서 먹는 것보다 아빠 게 더 맛있어."

괜스레 나는 장난스레 말했다.

"앞으로 고등어 자주 먹을까? 몸에 좋잖아."

수인이는 별생각 없이 좋다고 했는데, 별아는 언뜻 진지해졌다.

"자주 먹긴 좀 그래."

"왜?"

"가시 때문에."

별아는 더 말을 잇지 않고 김치를 집었다. 나는 다음 말이 무엇인지 묻거나 아니면 잠자코 있어야 했는데 내 멋대로 말을 이었다.

"하긴, 가시 골라내는 게 귀찮아서 생선 잘 안 먹는 사람도 꽤 있어. 게으른 거지."

나는 뻔뻔하게도 남 이야기하듯 지껄였다. 그러면서 내 이야기가 아닌 듯 허허허 웃었다. 그런데 갑자기 별아의 눈이 동그래졌다.

"난 귀찮아서가 아닌데?"

"응? 그럼 뭔데?"

"가시가 목에 걸릴까 봐 무서워서."

별아의 대답에 머리가 띵 울렸다.

"그, 그렇구나. 그런 마음이 있는 줄 미처 몰랐네. 미안."

나는 서둘러 사과한 뒤 속으로 나의 경솔함을 탓했다. 선입견으로 딸의 마음을 재단한 모자란 나를 꾸짖었다.

평소 나는 별아의 게으름을 틈틈이 시석하곤 했었다. 자실구레한 일들이다. 학교 다녀와서 책가방 제자리에 안 두는 일, 숙제 미루는 일, 양치질하기 싫어하는 일 따위. 보통의 아이라면 누구나 가진 게으름일 뿐인데, 나는 옹졸하게도 그것을 빌미로 내 아이를 게으른 아이로 낙인찍었던 모양이다. 이 횡포를 모르고 있었다가 고등어 가시로 생생하게 깨닫게 되었다. 내 딸 별아는 게으름뱅이니까 당연히 가시 골라 먹는 걸 귀찮아할 거라고 생각했다.

별아 덕분에 내가 꼰대라는 사실을 알게 되었다. 내가 '꼰대 선입견 매몰증' 환자라는 사실도. 자기 선입견을 자기보다 어린 사람, 약한 사람에게 함부로 들이대는 사람이 꼰대가 아니면 무엇이겠는가? 나는 나보다 어리고 약한 딸을 나의 선입견으로 재단했다. 별아가 스스로를 대변하지 않았다면, 나는 줄곧 그 선입견에 '매몰되어' 살았을 거다. 자기 단점을 잘 모르는 것 역시 꼰대의 특징이다. 아울러 선입견에 빠져 사는 꼰대는 타인의 실존을 잘 들여다보지 못한다. 고등어 가시가 주는 두려움은 열두 살 별아에게 엄연한 실존의 문제였다.

꼰대는 보통 자기 흠에는 너그럽고, 남의 흠에는 엄격하다. 이 면에서도 나는 꼰대의 자격을 완전히 갖췄다. 나도 게으르면서 별아한테 게으르다고 했으니까. 별아에게는 부지런하라고 채찍질했으면서 정작 나에게는 채찍질은커녕 꿀밤 한 알 먹이지도 않았으니까.

6.

못난 자기 기피현상

"혹시 이거 연필 마술이야?"

아빠의 물음이 어이없다는 듯 별아가 킁 콧바람을 불었다. 그러고는 아무 대답 없이 방바닥에 떨어져 있던 연필을 주웠다.

"맨날 연필 떨어져 있었던 건 알아? 필통에 넣든지, 연필꽂이에 두든지 간수 좀 잘해."

"알았어."

별아가 나직하지만 퉁명스럽게 대꾸했다. 그 퉁명스러움이 거슬려서 나는 더 쏘아붙였다.

"방바닥에 굴러다니는 거, 아빠가 주워서 책상에 올려둔 게 한 두 번이 아니야. 네 방에 들어올 때마다 그랬어. 처음엔 실수로 떨어뜨리고 줍는 걸 깜박했나 보다 했는데, 아닌 것 같아. 너, 방바닥으로 연필을 이동시키는 마술하는 거지? 맞지?"

"앞으론 잘 정리할게."

"다음에 또 방바닥에서 연필 나오면, 그땐 그냥 버릴 거야."

단단히 못을 박고 별아의 방을 나왔다. 너무했나 싶었지만, 잘했다는 생각으로 얼른 무마했다. 별아는 방 어지르고 물건 아무 데나 두기에 재능이 뛰어나다. 올림픽에 그런 종목이 있다면 금메달감이다. 잔소리 안 하면 방은 눈 깜빡할 새에 난장판으로 변한다. 어려서 그런 거라 넘기기엔 좀, 좀, 좀….

그런데 연필 마술을 부리는 건 아무래도 사실인 듯하다. 연필은 방바닥뿐만 아니라 장난감 통, 식탁, 텔레비전 장식장, 전자레인지 위에서도 발견된다. 심지어 책가방 속에서도 불쑥불쑥 튀어나온다. 책가방 안에 버젓이 필통이 있는데도 연필과 필통이 절교한 사이처럼 따로 논다.

솔직히 나도 정리정돈을 잘하는 편은 아니다. 별아만 할 때 책상이 지저분하다는 이유로 깔끔쟁이 엄마와 번번이 티격태격했다. 하지만 어린 시절의 나는 지금의 별아와는 결이 다르다. 내가 어지럽힌 건 책상이 유일했고, 그것도 책, 교과서, 노트, 연습장 따위를 책상 위에 그대로 둔 것뿐이다. 책을 예로 들면, 다음에 이어서 책을 읽을 때 바로 손에 잡히는 상황이 좋았다. 책꽂이에 꽂아 둔 책은 왠지 꺼내 읽기가 싫었다. 정서적인 이유도 있기는 하다. 군인의 관물대(군대에서 병사의 개인 물품을 보관하는 대)처럼 책상이 너무 칼같이 정리되어 있으면 왠지 어색하고 오히려 집중도 더 안 됐다.

어쩌다 보니 지나치게 별아 흉을 본 것 같다. 주절주절 핑계를 늘어놓은 기분도 든다. 결국 나도 정리를 잘 안 한 건 분명한 사실인데 말이다. 별아나 나나 오십보백보인데, 누가 더 더러우냐의 문제로 몰고 간 나는 치졸한 아빠다.

정리에 미숙한 별아를 못마땅하게 여긴 건 '못난 자기 기피현상'이 아닐까 싶다. 별아에게서 역시나 정리에 소질이 없는 내 자신과 마주하는 게 나는 싫었던 모양이다. 그 못난 나를 피하고 싶어서 별아를 뾰족하게 대했던 것 같다.

나는 정말 못난이다. 별아에게 방을 어지럽히는 이유를 한 번도 물어보지 않았기 때문이다. 그걸 이제야 깨달아서 더 어처구니가 없다. 그동안 다정하고 속 깊은 아빠인 양 온갖 생색은 다 냈으면서 왜 정리에 대한 부분은 헤아리려 하지 않았을까? 어릴 적 나처럼, 별아도 자기만의 이유가 있을지도 모르는데.

이래저래 미안한 마음에 칭찬으로 글을 달아야겠다.

"별아야, 네가 정말 잘하는 게 있지. 쓰레기 길에다 안 버리는 거. 넌 아이스크림 봉지, 과자 봉지, 음료수 병 아무 데나 안 버리고 길가 쓰레기통에 버리잖아. 쓰레기통 없으면 집으로 챙겨오고. 아주아주 칭찬받을 일이야. 어른들도 안 하는 행동을 네가 하고 있어. 대견하고, 고맙고, 사랑해!"

7.

부모잘못 무마행동

이따금 집에서 삼겹살이나 목살을 구워 먹는다. 그때마다 내가 빠짐없이 하는 행동이 있다. 두 딸에게 상추쌈을 싸서 입에 넣어 주는 일이다. 처음엔 세 번씩 싸서 주었는데, 애들이 컸다는 핑계로 두 번, 아니 한 번으로 줄였다. 여하튼 꼭 한 번은 정성스레 상추쌈을 싸서 먹이는 의식을 치른다. 새끼 제비처럼, 어떨 땐 아기 돼지처럼 받아먹는 모습이 참 사랑스럽다.

'상추쌈 1회'라는 규칙을 쭉 이어가다가 어느 날 일시적으로 '상추쌈 3회'로 규칙을 변경한 적이 있었다. 그날 오후 나는 아이들에게 짜증을 냈었다. 핸드폰 게임만 하는 별아가, 손톱을 까뒤집어 피를 낸 수인이가 신경을 긁었다. 하필 내가 업무에 차질이 생겨 다소 가라앉은 상태였는데, 아이들이 때를 잘못 맞춘 거다.

아빠와 두 딸이 함께하는 저녁 식사. 달걀프라이로 때우려다가 오후에 짜증 부린 게 괜히 찔려서 삼겹살을 구웠다.

나는 상추에 고기 한 점 얹고, 쌈장 찍어 바르고, 시금치 한 가닥까지 얹어 쌈을 완성했다.

"자, 수인이부터 줄게. '아' 해 봐!"

나는 일부러 미소를 입에 가득 문 채 쌈을 내밀었다. 수인이는 해맑게 웃으며 입을 쫙 벌렸다.

"다음은 언니!"

별아가 먹을 쌈에는 김치 한 조각까지 추가했다. 별아도 기분 좋게 풍성한 쌈을 받아먹었다.

한 번씩 번갈아서 차례차례 두 번씩 쌈을 싸 주었다. 세 번째로 수인이에게 줄 쌈을 싸는데 불쑥 별아가 말했다.

"아빠, 내 건 안 싸도 돼. 내가 알아서 먹을게."

"아냐, 괜찮아. 옛날엔 아빠가 세 번씩 싸서 줬잖아."

"아빠도 먹어야지."

그 말이 왠지 뭉클하게 다가왔다. 제법 컸다고 성장한 티가 나는 별아가 대견했다. 딸이 안겨 준 뭉클함과 대견함은 별안간 부끄러움을 몰고 왔다. 아이들에게 사랑을 베푸는 체하면서 실은 내 잘못을 무마하고 있는 스스로를 발견했기 때문이다. 세 번의 상추쌈은 짜증 낸 아빠를 잊어 달라는 무언의 당부가 담긴 뇌물이었던 거다.

아이들을 윽박지르고, 쥐 잡듯 잡고, 무시하고, 외면했던 게 몇 번일까? 진심으로 사과를 건넨 건 또 몇 번일까? 둘 다 기억이 아련하다. 전자는 너무 많아서, 후자는 너무 적어서. 아이들에게 부모답지 못한 행동을 했을 때 대부분 나는 잘못을 덮으려고 애썼던 것 같다. 평소 한 개만 주던 사탕을 두 개 준다거나 텔레비전 보는 시간을 늘려준다거나 하면서. 사과를 해야 하는데, 하지 못했다. 하지 않았다.

그날도 사과를 못 했다. 그저 상추쌈 3회로 퉁쳤다. 이제야 뒤늦게 사과한다.

"별아야, 수인아, 미안해."

잘못을 덮는 데 급급했던 나의 행동을 '부모잘못 무마행동'이라 정의한다. 그러면서 빠져나갈 구멍을 찾는다.

'설마 나만 그러는 건 아니겠지? 세상 모든 부모가 그러진 않겠지만 많은 부모가 나처럼 행동할 거야. 애들 키우고 사는 게 뭐, 크게 다르겠어?'

8.

보호자 보호 본능

'보호자 보호 본능'이란 용어를 만들어 보았다. 별아의 한마디가 아이디어를 던져 주었다.

봄이 무르익어갈 무렵 나는 직업 가이드북 원고 쓰기에 매달려 있었다. 자료 수집할 게 굉장히 많고, 오류가 없는지 확인할 것도 산더미고, 집필 진도도 잘 안 나가서 하루하루가 힘들었다. 마감 일까지 무사히 마칠 수 있을지 염려스러워 걸핏하면 후아후아 한숨을 흘렸다. 한숨의 이유를 묻는 별아에게 나는 "아빠가 하는 일이 잘 안돼서."라는 대답을 들려주었다.

하루는 방문을 연 채 컴퓨터로 정보 확인을 하던 중이었다. 내 방을 지나치던 별아가 슥 들어오더니 다정하게 물었다.

"아빠, 일은 잘돼?"

뜻밖의 어른스러움에 배시시 웃음이 새어 나왔다.

"잘돼. 걱정하지 마."

아빠를 걱정해 주는 별아가 대견하기도, 고맙기도 해서 머리를 살살 어루만져 주었다. 별아가 얼굴에 미소를 그린 채 또 말했다.

"힘들면 쉬면서 해."

"큭큭, 그래."

별아가 방을 나간 뒤 "아빠, 일은 잘돼?"라는 별아의 질문을 찬찬히 곱씹었다. 그러자 문득 '보호자 보호 본능'이란 신조어가 떠올랐다. 어린이인 자녀에게도 어른인 부모를 보호하려는 본능이 있다는 게 내 생각이다. 이미 세상에 이런 말이 떠돌고 있는지는 잘 모르겠지만.

별아는 요즘 죽음을 의식한다. 열한 살 때 친구 엄마가 급작스러운 사고로 세상을 떠난 뒤 죽음을 떨쳐내지 못한다. 이 때문에 가끔 뜬금없이 이런 말들을 던진다.

"아빠, 죽으면 안 돼."

"엄마 아빠 죽으면 어쩌지?"

"난 안 죽었으면 좋겠어."

나는 딱히 해줄 말이 없어서 그저 농담처럼 맞받는다.

"아빤 오래 살 거야. 하고 싶은 게 많아서 오래 살아야 돼."

"어쩌긴. 너는 더 행복하게 살아야지."

"우린 천국에 갈 거니까 죽는다고 너무 슬퍼할 건 없어."

별아는 희미하게 웃고 만다. 어차피 아빠에게 해답을 기대하지 않았다는 듯. 뚜렷한 해답이 없다는 걸 자기도 안다는 듯.

별아의 마음 상태를 기존 심리학에 초점을 맞춘다면 '분리 불안' 정도로 볼 수 있을 거다. 더 깊이 들어가면 '자기 보호 본능'과도 맥락이 닿는다고 생각된다. 별아의 가슴에서는 부모의 죽음으로 동생과 단둘이 남겨질 자신을 보호하고 싶은 마음이 자꾸 우러나는 모양이다.

그런데 "아빠, 일은 잘돼?"라니. 별아는 본인도 힘든 처지에 어떻게 아빠 걱정까지 해 주는 걸까? 이 걱정 또한 자기 보호 본능의 일면일까? 아빠 일이 잘 안되면 집안 살림이 어려워지고, 그러면 행복이 깨어질 수 있다. 별아는 행복이 깨어질 위기에서 본능적으로 돌파구를 찾으려 하는지도 모른다.

혹시 자기 보호 본능을 보호자 보호 본능으로 승화한 것은 아닐까? 별아가 무의식적으로 보호자 보호 본능을 돌파구로 선택했으리라 조심스레 짐작해 본다. 엄마 아빠를 잃고 행복마저 잃는다는 두려움을 이기기 위해 자신이 엄마 아빠를 보호하기로 마음먹었는지도 모른다.

내가 직업 가이드북 원고를 쓰는 동안 별아는 몇 번 더 일은 잘되냐는 질문을 던졌다. 그랬더니 한번은 수인이가 옆에서 따라 했다.

"아빠, 일 잘되는 거야?"

한편 우스우면서도 괜히 짠하기도 해서 이렇게 대꾸했다.

"응, 잘돼. 돈 많이 벌어서 너희들 맛있는 거 많이 사 줄 생각하니까 아주 잘돼."

곧바로 두 딸은 기쁨의 비명을 질러댔다. 수인이는 그렇다 치고, 별아도 이럴 때 보면 영락없는 아이다.

그건 그렇고, 진짜로 내가 하는 일이 좀 잘됐으면 좋겠다. 일이 잘돼서 두 딸한테 보호받지 않아도 될 만큼만 돈을 벌었으면 소원이 없겠다.

9.
사랑 채움 콤플렉스

나는 별아가 밥숟가락을 내려놓기가 무섭게 말했다.

"양치하고, '엄마 숙제'부터 하자."

엄마 숙제란 엄마가 출근하기 전 정해 준 수학문제집 풀이를 가리킨다. 학원을 따로 다니지 않는 별아는 엄마에게 짬짬이 수학을 배운다. 나한테는 국어와 영어를 배우고.

"푸우우…."

별아는 큰 한숨으로 대답을 대신했다. 이어서 느릿느릿 남은 밥을 먹고 있는 수인이를 보며 푸념하듯 말했다.

"내가 수인이였으면 좋겠다."

"왜?"

"얜 공부 안 하니까."

내가 픽 웃으며 말했다.

"너도 수인이만 할 때 엄마 아빠가 공부 안 시켰어. 그리고 수인이 부러워할 거 없어. 얘도 초등학생 되면 너처럼 공부할 텐데, 뭘."

별아는 그런 말은 위안이 안 된다는 듯 입술을 삐죽이며 욕실로 들어갔다. 언니가 양치하는 사이 밥을 다 먹은 수인이는 자동으로 거실로 가 텔레비전 리모컨을 집어 들었다. 나는 얼른 수인이에게 말했다.

"언니 양치하고 나오면 너도 양치하고 텔레비전 보는 거야, 알았지?"

"텔레비전 많이 보고 양치하면 안 돼?"

"안 돼. 언니도 바로 양치하잖아."

그때 언니가 욕실에서 나왔다. 수인이의 언니 별아는 동생에게 부러운 시선을 힐끔 던지고는 그대로 방으로 들어갔다.

별아의 방문이 탁 닫히는 순간 문득 이런 생각이 들었다.

'공부하기 싫을 때 보통 빨리 어른이 되고 싶다고 하지 않나?'

나도 어렸을 때 그렇게 생각했다. 어른이 되면 공부를 안 하고 사는 줄 알았으니까.

'별아가 수인이처럼 어려지고 싶다는 건 자궁 회귀본능의 표현일까?'

별아는 열두 살 먹은 지금도 장롱이나 책상 밑에 숨는 행동을 종종 한다. 프로이트가 말한 자궁 회귀본능에 따른 행동을 꾸준히 보이고 있는 거다.

설거지를 하는데 문득 별아가 가여웠다. 수학을 너무 어려워해서 학교생활의 즐거움마저 한 조각 잃어버렸기 때문이다. 여담이지만, 수학 과목을 왜 그렇게 어렵게 만들었는지 도무지 이해가 안 간다.

가여움에서 이어진 아픈 기억이 따끔 가슴을 찔렀다.

'자주 혼나서 그런 걸까?'

아내도, 나도 공부를 가르치면서 별아에게 화를 자주 냈다. 미술, 피아노, 태권도를 다니는데 영어와 수학까지 다니면 아이가 너무 힘들 거라면서, 그래서 아이를 위해 몸소 가르치기로 했으면서 툭하면 못한다며 나무라는 거다.

'별아는 사랑받고 싶은 거구나. 수인이처럼⋯'

수인이는 엄마 아빠가 언니만큼 공부를 안 시키기 때문에 언니만큼 혼나지 않는다. 별아는 엄마 아빠에게 공부를 많이 배우기 때문에 자주 혼난다. 엄마 아빠에게 배우지 않는다면 별아도 야단맞을 일이 적을 거다.

형제자매 사이에서 맏이가 동생에게 느끼는 질투. 그 질투가 별아에게도 물론 있다. 하지만 심하지 않다. 동생을 시샘하는 마음이 한 움큼이라면 감싸는 마음은 한 아름이다. 이렇게 대견하게 맏이 몫을 잘하고 있는 별아를 공부가 좀 달린다고 잡아댔으니, 얼마나 서러웠을까?

별아도 아직 어린이일 따름이다. 덜 혼나는 동생이 더 사랑받는다고 느낄 수 있다. 그 차별 사랑의 원인이 공부이므로 공부가 싫어지는 건 당연하다. 공부를 조금만 하는 동생을 향한 부러움은 해가 동쪽에서 뜨는 것만큼이나 자연스럽다. 별아가 엄마 아빠를 미워한다 해도 전혀 부자연스럽지 않다. 동생을 더 사랑하는 엄마 아빠를 어떻게 예뻐할 수 있겠는가?

별아는 '사랑 채움 콤플렉스'에 걸렸다. 마음 상자에 엄마 아빠의 사랑을 가득 채우고 싶어 조바심을 내고 있다. 늘 차 있었던 그 상자에 공간을 만든 건 엄마 아빠, 특히 아빠다. 엄마와 공부할 땐 아빠가 집에 있는데, 아빠와 공부할 땐 엄마가 일터에 있는 경우가 많았다. 아빠한테 꾸지람 들은 별아는 누구에게도 위로받을 수 없었다. 아빠는 사랑 채움 콤플렉스를 일으킨 바이러스다.

"별아야, 아빠가 미안해. 이 말밖에 할 말이 없네, 허허허."

10.
그림자놀이 보복행동

"아빠, 그림자!"

수인이가 내 그림자를 밟으며 까르르 웃는다. 일곱 살이 되면서 새롭게 시작한 행동이다. 태권도장에 오갈 때, 유치원 하원할 때, 동네 산책할 때 기회만 있으면 그림자 밟기를 즐긴다. 오늘도 놀이터에서 놀고 오던 길에 어김없이 아빠의 그림자를 놀잇감으로 삼은 거다.

그런데 오늘은 왠지 내 가슴이 뜨끔하다. 그림자를 밟히면서 여느 때처럼 허허허 웃긴 했지만 웃음 속에 설핏 당혹감이 스민다.

'한 대 맞은 기분이네.'

수인이가 하필 내 머리를 밟아서다. 아무리 그림자라지만, 머리를 밟히는 느낌은 이상야릇했다. 반짝, 이틀 전 기억이 가슴을 뚫고 지나갔다.

'저 녀석 혹시 복수를…?'

그제 밤, 사건이 터졌었다. 한글 공부를 하다가 내가 수인이 머리카락을 한 움큼 움켜쥔 사건. '강아지'란 낱말을 열흘 넘게 배웠는데, '강슬지'라고 써서 너무너무 속상했다. '슬아'라는, 유치원 친구의 이름과 '강아지'가 뒤섞인 거다.

수인이는 학습 능력이 몹시 뒤떨어진다. 여섯 살 때까지는 학습 분위기만 만들면 울음을 터뜨려서 아예 공부를 안 시켰다. 일곱 살 먹고서 처음 공부다운 공부를 시작했다. 엄마가 숫자를, 내가 글자를 맡았는데, 우리 부부는 수인이를 가르칠 때마다 한숨을 뭉게구름처럼 피워 올렸다. 두 달이 넘어도 1부터 10까지 익히지 못해서 초등학교에 다닐 수 있을까 걱정하기도 했었다. 나의 경우 걱정에 휩싸일 때마다 헬렌 켈러와 설리번 선생님을 떠올리며 마음을 다독였다. 고맙게도 수인이는 헬렌 켈러처럼 부모의 가르침에 한 발 한 발 따라와 주었다. 문제는, 아내 말고 나의 문제는, 내가 설리번 선생님의 발끝도 못 따라간다는 거였다. 사랑과 인내로 단단히 무장해도 그 무장을 스스로 풀어헤치기 일쑤였다. 머리카락을 잡아당긴 것 역시 똑같은 행동이었다.

여하튼 내가 해서는 안 될 짓은 한 것은 틀림없다. 이 지면을 빌려 공식적으로 사과를 전한다.

"수인아, 미안해. 사랑으로 자녀를 키우는 세상의 모든 부모님, 듬뿍 사랑받고 자라야 할 세상의 모든 어린이, 미안해요."

수인이의 아빠 그림자 밟기는 여전히 계속되고 있다. 딱히 머리를 표적으로 삼지는 않고 아무 데나 발끝 닿는 대로 밟는다. 어디를 밟히든 나는 맘씨 좋은 아빠처럼 허허허 웃는다. 솔직히 복수당하는 느낌을 지울 수 없어서 더 밝게, 크게 웃는다. 그 웃음은 나만의 죄닦음이다. 사실 머리 잡아당긴 것 말고도 수인이한테 잘못한 게 참 많다. 속속들이 늘어놓고 싶지만, 그게 대하소설 분량이라서 어물쩍 넘어가련다.

물론 수인이가 의도적으로 복수하는 게 아니라는 사실은 잘 알고 있다. 녀석은 단지 새로운 놀이를 스스로 찾은 것뿐이다. 하지만 그렇게 여기고 가벼이 넘기려 해도 마음 깊은 곳에서 탁 걸린다. 사람은 힘들고 괴로울 때 분풀이도 하지만 놀이로써 벗어나려는 행동을 보이기도 하니 말이다. 수인이의 무의식에도 그런 마음이 잠자고 있으리라 생각하면 마음이 무겁다. 더구나 그 마음을 심어 준 장본인이 아빠인 나이기에 더더더 울적하다.

수인이의 신나는 놀이를 '그림자놀이 보복행동'이라 표현하고 싶다. 기왕 이렇게 된 것 수인이가 실컷 보복하면 좋겠다. 그 보복은 내게 뉘우침을 불러일으키므로 쓰지만 좋은 약이 된다.

"수인아, 아빠 그림자 맘껏 밟아라! 네 맘이 후련해진다면!"

2부
겁나 고생만 시키는
남편의 엉터리 심리학

1.
열정기 회귀본능

"연애하고 싶어."

아내가 삼십 대일 때 이따금 던진 말이다. 주로 텔레비전에서 소지섭, 조인성 같은 멋진 연예인을 보면서 꿈을 꾸듯 웅얼거렸다. 처음에 나는 결혼 전 우리의 연애 시절로 돌아가고 싶다는 뜻인 줄 알았다. 그런데 착각이었다. 아내의 말은 진짜 소지섭이나 조인성과 연애하고 싶다는 뜻이었다. 어떨 땐 꽃미남 배우가 아닌 미지의 대상이 연인 후보였다. 연인의 자리에 내 자리는 없었다.

참뜻을 알고 섭섭하지는 않았다. 의외라는 생각이 컸다. 연애하는 동안 잘해 주지는 못했지만, 그래도 함께 낭만을 누렸다고 은근히 자부하고 있었던 까닭이다. 우리는 1년 반 정도 연인으로 지내다 부부의 연을 맺었다. 소소한 다툼은 있었지만 예쁘게 연애했다. 아내도 나와의 연애가 행복했다고 고백했다. 그런데 왜 딴 사람과의 연애를 꿈꾸는 걸까?

아내는 스물여덟에 면사포를 썼다. 2007년, 그 무렵에도 삼십대에 결혼하는 여성이 많았으니, 이른 나이에 결혼한 편이다. 신혼의 유효 기간에 대한 기준은 저마다 다르겠지만, 나의 경우 3년 남짓이 아닐까 싶다. 3년이 지나니까 생계 걱정이 아내와의 달콤함을 삼켜 버렸고, 어느 순간 신혼이란 낱말이 낯선 외국어처럼 들렸다.

아내의 경우는 어떤지 모르겠다. 언젠가 물어보고 싶었지만 부질없이 느껴져 묻어 두었다. 신혼의 시간을 무 자르듯 딱 정할 수도 없는 노릇이고, 설명하기 힘든 서글픔마저 배어났기 때문이다. 이제 와서 내 맘대로 짐작을 해 본다면 아내의 신혼은 2년 남짓이 아닐까 싶다. 연애하고 싶다는 말을 뱉은 그 순간까지.

'왜 나랑 연애하고 싶은 게 아닌 거야?'

한때 이렇게 묻고 싶은 적도 있었지만 그 마음도 꾹 눌러 삼켰다. 아내가 날 사랑하고 그 사랑이 내게 행복을 주는데, 굳이 아내만의 상상의 세계를 넘볼 필요가 없다고 생각했다. 어차피 아내는 상상 속에서 연애를 즐길 테고, 그 안에서 누구와 연애하든 아내의 자유였다. 게다가 나 역시 아내에게 이런 말을 건넨 적이 있었다. 아내에게서 연애하고 싶다는 말을 서너 번쯤 들었을 때 했던 거로 기억한다.

"여대생이랑 커피 한잔하면서 얘기 좀 나눠 봤으면 좋겠어. 요즘 이십 대 여성들은 어떤 생각을 갖고 사는지, 어떤 가치관을 갖고 있는지 그냥 알고 싶네."

이때 아내는 내게 이유를 캐묻지 않았다. 그저 웃었다. 내 소망을 이해해 주겠다는 웃음이었다. '어떤 여대생이 너랑 커피를 마시겠니?'라는 무시도 살짝 섞인 듯했지만.

아내는 소지섭과도, 조인성과도 끝내 실제 연애를 못 했다. 그리고 엄마가 되었다. 일과 육아를 나란히 하는 삶을 살면서 드라마와 멀어졌다. 나도 일과 육아에 매달리면서 여대생과의 티타임은 아기 기저귀에 싸서 버렸다. 시간이 흐를수록 아내도, 나도 삶보다는 생활에 더 몰두했다. 연애나 티타임처럼 생활에 도움 안 되는 이야기는 입 밖에 내지 않았다.

아기가 둘이 되면서 생활을 우선하는 상황은 한층 더 단단해졌다. 그렇다고 부부 사이가 멀어진 것은 아니었다. 아내는 아빠인 나를, 나는 엄마인 아내를 이해하고 배려하면서 우리는 나름의 사랑을 쌓았다. 연인이나 신혼부부의 사랑과는 모양과 빛깔이 다른, '중고부부'의 '생계형 사랑'이라고나 할까?

2022년은 별아가 열두 살, 수인이가 일곱 살 먹게 된 해이다. 아내가 사십 대 중반을 향해 발을 디딘 해이기도 하다. 나에게는 『스물다섯 스물하나』라는 드라마를 본 해라는 의미가 있다. 본디 드라마를 거의 안 보는데, 『스물다섯 스물하나』의 시간적 배경 때문에 호기심이 동했다. 그 시간적 배경은 IMF 시기부터 2000년대 초반까지로 잡을 수 있다. 나의 경우 군 제대 후 대학 복학 시점부터 사회 초년생 시절까지에 해당한다. 나로서는 꿈을 위해 모든 걸 던졌던 시간이다. 그 시간을 내게 불러온 『스물다섯 스물하나』는 힘겨웠던 시기, 꿈과 사랑을 이루려 몸부림쳤던 젊은이들의 이야기로 다가왔다. 내 가슴에는 사랑 부분은 빼고 꿈에 대한 부분만 깊이 꽂혔다. 그 시절 나는 꿈을 향해 달려가는 것도 버거워 사랑에는 눈을 꼭 감고 살았다. 모든 열정을 작가라는 꿈에 쏟았다.

『스물다섯 스물하나』는 아내는 안 보고 나만 보았다. 아내는 『스물다섯 스물하나』에 큰 매력을 느끼지 못해 보지 않았다. 아내는 『오징어 게임』이나 『괴물』처럼 스릴 있는 장르를 좋아한다. 아무튼 나 혼자 열심히 드라마를 보던 중 문득 이런 생각이 찾아들었다.

'혹시 아내도 저 때 김태리처럼 살았을까?'

여자 주인공 김태리는 펜싱이라는 꿈을 위해 자신을 불태운다. 그 뜨거움 속에서 사랑도 포기하지 않으려 애쓴다. 펜싱도, 사랑도 간절히 원하기에!

드라마의 시간적 배경은 아내에게는 파릇한 열아홉부터 물오른

이십 대 초반까지의 시간이다. 고등학생 때부터 스물한 살까지로 정해진 김태리의 시간과 많은 부분 겹친다. 생각이 여기에 미쳤을 때 내 기억의 서랍이 스르륵 열렸다. 연애하고 싶다던, 삼십 대 아내의 발그레한 얼굴이 되살아났다.

열정만으로 살던 시간을 갖고 있는 사람은 얼마나 될까? 세상 모든 이에게 확인한 적은 없지만 적지는 않을 듯싶다. 일단 나는 그랬다. IMF 때부터 2000년대 초반까지 열정만으로 살았다. 실패해도, 넘어져도, 손에 아무것 쥐어지지 않아도 열정으로 이겨내며 앞날을 그렸다. 곰곰 돌이켜보면 이때는 내가 책임질 것이 적었기에 열정만으로 사는 게 가능했으리란 생각도 든다. 냉정하게 말해 내 한 몸 건사하는 일만 신경 써도 큰 문제가 없는 나이였고, 시간이었고, 환경이었다. 가정을 꾸린 뒤엔 열정만으로는 도저히 살기 어려웠다. 현실이 그것을 허락하지 않았다.

어쩌면 아내도 같은 시간대에 나처럼 열정으로 스스로를 달구며 살지 않았을까? 삼십 대의 아내는, 의식하든 의식하지 못하든, 그 열정의 시간이 그리웠는지도 모른다. 그 그리움 속에 진한 사랑이 깃들어 있었을지도 모른다. 그래서 연애하고 싶다는 말로 넌지시 표현했을 거다.

애잔하다. 사십 대를 살고 있는 아내는 그런 표현을 할 겨를조차 없을 만큼 바쁘고, 또 피곤해 보여서. 혹시 아내가 『스물다섯 스물하나』를 본다면 표현할 힘이 불끈 샘솟을지도 모르겠다. 남자 주인공 남주혁이 정말 멋지고 잘생겨서.

"여보, 나 남주혁이 진짜 부러워. 키도 크고 잘생겨서. 나한테는 넘사벽이야."

이건 내가 아내에게 실제로 했던 말이다. 솔직히 털어놓자면 드라마를 보는 내내 남주혁을 향한 부러움을 억누르느라 정말 힘들었다.

'열정기(熱情期) 회귀본능.'

나는 내 멋대로 아내의 연애 욕구를 '열정기 회귀본능'이라 정의한다. 내 마음속에도 이 본능이 가끔 꿈틀거리는 것이 정의의 근거다. 열정만으로 살았던 시간이 때론 그립다. 아내도 마찬가지라고 믿는다. 우린 부부니까.

한마디만 덧붙여야겠다. 이제는 은근슬쩍 질투가 날 것도 같다. 아내가 남주혁을 보고 '연애하고 싶어.'라고 말한다면. 질투의 이유는 똑 부러지게 설명하기 어렵다.

2.
인생 가로본능

어느 날 아내가 거실 바닥에 누우면서 말했다.

"아휴, 피곤해. 아빠들이 주말에 집에서 누워만 있으려고 하는 거, 정말 이해가 된다니까."

두 딸의 등교와 등원을 마치고 돌아온 아침이었다. 아내는 아이들과 오랜 시간 함께 있어 주지 못하는 게 미안해서 별아가 고학년인데도 등굣길에 동행한다. 병설유치원에 다니는 수인이는 유치원 차량이 따로 없어서 내가 아내와 수인이를 차에 태워 데려간다.

집에 들어오자마자 푹 쓰러지는 아내가 안쓰러웠지만, 그 모습이 한편 우습기도 했다. 피로를 풀어 주고 싶은 마음과 장난치고 싶은 마음이 동시에 들었다.

"여보, 자긴 집에선 24시간 누워 있는 거 몰라? 난 자기가 서 있는 걸 본 적이 없어."

아내가 아이처럼 까르르 웃었다. 내 말에 과장이 심하지만 꽤나 동의한다는 웃음이다.

아내는 집에 있을 때 틈만 나면 눕는다. 그럴 만하다. 발목 인대도 안 좋고 하지정맥류를 앓는데도 오후부터 늦은 밤까지 치킨집에서 꼬박 서서 일한다. 오전부터 출근 전까지는 아이들 챙기느라 쉬지 못한다. 하루하루 겹겹이 쌓이는 피로를 이겨낼 도리가 없으니 눕는 시간이 절박할 수밖에 없다.

"잠깐만 누워 있을게."

어쩌면 아내가 집에서 가장 자주 하는 말일지도 모르겠다. 이 말을 하고 방으로 들어가 눕는 아내는 이내 조용해지곤 한다. 빼꼼, 문틈으로 들여다보면 여지없이 쪽잠에 빠져 있다. 늘 그러는 건 아니지만 열의 일곱은 이런 장면을 연출한다. 그 연출력이 빼어난 아내에게 나는 광고 카피를 빌려 이런 농담을 건넨 적이 있다.

"자긴 가로본능이 있어."

진짜로 아내는 눕는 걸 좋아한다. '인생 가로본능'이란 표현이 어울릴 만큼. 누운 채 새우깡 먹으며 텔레비전 보는 게 취미일 정도니까 내 분석은 정확하다. 신혼 때는 그 모습이 참 낯설고 의아했다. 아기 낳기도 전이라 친구들 만나서 수다도 떨고 맛집도 찾아다니면 좋을 텐데, 내가 그렇게 하라고 등 떠밀어도 소극적이었다. 굳이 비율을 정한다면 외출 20퍼센트에 집에서 놀기 80퍼센트? 아내는 정말 타고난 집순이였다.

눕는 횟수로 따지자면 신혼 때나 지금이나 별 차이는 없다. 하지만 그 성격은 퍽 다르다. 지난날엔 놀고 싶어서 누운 거고, 요즘엔 쉬고 싶어서 눕는 거다. 기운이 펄펄했던 그땐 본인 의지로 누운 거고, 쇠잔해진 지금은 몸의 의지로 눕는 거다. 그래서 애처롭다. 힘겨운 일상에 누울 자리를 찾을 수밖에 없는 아내를 보기가 미안하다. 막말로 내가 돈을 잘 번다면 적어도 아내의 노동시간만큼은 줄여줄 수 있을 텐데….

누움은 누구에게나 달콤함을 주지 않을까 싶다. 땅과 하늘과 바다가 수평이라 사람 몸도 수평일 때 가장 안락하다는 말도 있는데, 이런 철학적 견해와 상관없이 누우면 그저 편안한 게 사실이다. 아내는 그 달콤함과 편안함을 보다 좋아할 뿐이다. 이제는 좋아서가 아니라, 어쩔 수 없이 찾아야만 하는 처지가 점점 되어가고 있지만.

아무튼 아내가 실컷 누워 지냈으면 좋겠다. 몸이 아파서, 장애가 있어서 도리 없이 누워 지내야만 하는 분들에게는 누움이 고역일지 모른다. 자리를 털고 일어나 마음껏 서기를, 걷기를 꿈꾸는 분들을 생각하면 자신의 의지로 누울 수 있다는 건 정말 감사한 일이다. 이기적인 욕심인지 모르겠지만, 나는 아내가 그 감사한 일을 한껏 누리기를 바란다.

"여보, 내 눈치 보지 말고 팍팍 누워. 내가 애들 더 놀아주고, 집안일 더 열심히 하면 돼. 돈 버느라 힘들어서 좀 눕자는데, 누가 뭐래? 자기는 '인생 가로본능'이 남들보다 좀 강한 편이지만, 괜찮아. 누울 집이 있고 누울 여건이 허락된다는 것에 감사하며 살자!"

3.

잔고생 티 내기 욕구

일주일에 한 번 대청소를 한다. 보통 아내가 쉬는 날이나 쉬기 하루 전날을 고른다. 대청소를 하는 사람은 나 혼자다. 아내가 동참하려 해도 일부러 내가 막는다. 한 2년 전부터 아내의 집 밖 노동시간이 길어지고, 더불어 피로도가 부쩍 높아지면서 나는 오롯이 홀로 감당하기로 마음먹었다. 그리고 그 다짐을 충실하게 실천하고 있다.

대청소는 두 딸의 등교와 등원을 마친 뒤 바로 시작된다. 청소 도구는 딱 한 가지 물티슈뿐이다. 큰절하듯 앉아 구석구석, 빠득빠득 닦는다. 로봇 청소기를 장만할 계획은 없다. 로봇처럼 정밀하게 청소할 능력이 내게 있기 때문이다. 다만 힘은 꽤 든다. 집은 25평이라 크진 않지만, 물티슈로만 청소하면 두 시간은 족히 걸린다. 장시간의 청소를 마치고 나면 파김치가 된다. 10분 정도는 큰 대자로 누워 로봇 청소기처럼 충전하는 시간이 필요하다.

코로나 변이바이러스인 오미크론이 활개를 치던 무렵이었다. 수인이가 감염의 첫 테이프를 끊고, 이어서 별아와 내가 걸리고 말았다. 코로나와 무관하게 시곗바늘은 무심히 대청소 시간을 알렸고, 나는 평소보다 더 강도 높게 청소를 실시했다. 아내만은 코로나에서 지켜야 한다는 생각에 더 가열차게 물티슈질을 했다. 문손잡이나 전등 스위치처럼 손이 자주 닿는 곳은 알코올 솜으로 세심하게 문질렀다.

청소를 끝냈지만 충전할 짬은 없었다. 여느 때보다 더 오래 걸려서 곧바로 점심 준비를 할 시간이 닥쳤다. 식구마다 밥을 따로 차려야 하니 재바르게 움직여야만 했다. 먼저 거실에다 수인이 몫의 밥상을 놓아 주었다. 이어서 식판을 들고 별아 방으로 향했다. 문을 열고 들어서자마자 짜증이 확 치밀었다.

"휴지 잘 구겨서 버리라고 했지!"

나도 모르게 큰 소리가 튀어나왔다. 움찔 놀란 별아는 반사적으로 투명봉투 안으로 손을 넣으려 했다.

"손 넣지 마!"

또 날카로웠다. 별아는 또 움찔했고.

"아빠가 정리할게. 밥 먹어."

별아가 놀라는 모습에 미안해져서 애써 마음을 가라앉혔다. 그러고는 별아 책상에 조심조심 식판을 내려놓았다. 별아는 어정쩡한 미소로 고마움을 표했다. 나는 임시 쓰레기통으로 만들어 준 투명봉투를 집어 들었다. 그러자 별아가 나직이 말했다.

"아빠, 다음부턴 휴지 잘 구겨서 버릴게."

"그래. 아빠도 소리 질러서 미안."

조용히 뒷걸음질로 방을 나왔다. 왠지 별아에게 등을 보이는 게 미안해서.

문제의 휴지는 별아의 가래를 받아낸 휴지다. 코로나로 가래가 심한 별아에게 꼭 구겨서 버리라고 신신당부했는데, 펼쳐진 채 버려져 있어서 화가 났던 거다.

'나도 아파서 그런 거야.'

나는 평정심을 잃었던 스스로를 이렇게 합리화했다. 몸이 아프면 짜증이 잘 나는 게 인지상정 아닌가. 심하진 않지만 나도 코로나에 걸린 터라 몸 곳곳이 불편했다. 게다가 대청소까지 하고 쉬지도 못했으니 몸도 마음도 천근만근이었다.

그런데 자기합리화를 하자마자 마음 한편이 무거워졌다. MSG를 좀 친다면 가슴에서 열이 오르는 느낌이었다. 아이들 마실 물을 마련하려고 부엌으로 가려다가 무심코 안방으로 발걸음을 돌렸다. 뜬금없이, 아내가 잘 있는지 궁금했다. 아이들이 밥을 먹는 동안 아내는 안방에 숨어 기다리는 게 우리 집의 코로나 방역수칙이었다.

"애들 밥 잘 먹어?"

방문을 연 내게 아내는 걱정 어린 말투로 물었다. 그 순간 나는 알 수 있었다. 마음이 무거웠던 이유를, 가슴에서 열감을 느낀 이유를.

아내가 집에 있을 때 나는 딸들을 향한 감정표현이 더 거칠어진다. 단순한 실수도 아내가 없을 땐 그냥 넘기지만, 이상하게 아내가 있을 땐 지적질하고 꾸짖는다. 어떤 일에 화를 낼 때도 그 정도가 매우 달라진다. 이런 경험을 여러 차례 겪고 나서 나는 스스로를 진단했다. 그리고 아내에게 진단 결과를 알렸다.

"자기가 집에 있을 때 애들한테 더 화를 내는 이유를 생각해 봤어. 엄마가 없을 때 아빠가 혼내면 애들은 기댈 곳이 없잖아. 그게 가여워서 한 번이라도 더 참는 것 같아."

부끄럽지만 두 번째 진단 결과도 밝혔다.

"솔직히 애들이 울거나 시무룩해지면 내가 더 힘들어지기도 하거든. 달래고 풀어 줘야 하니까. 그러니까 안 울리려고 안 혼내는 면도 분명히 있어."

아내가 집에 있으면 이런 면들에서 자유로워지니까 나는 고삐가

풀리고 마는 거다.

가족이 코로나를 앓으면서, 아이들이 밥 잘 먹는지 걱정하는 아내의 엄마다운 모습을 보면서 새로운 진단 결과가 나왔다. 두 번째 진단 결과보다 더 창피한 진단 결과다.

'아내에게 내가 힘든 걸 티 내고 싶었나 보다.'

아내가 알아주었으면 하는 마음이 깊이 도사리고 있었던 모양이다. 엄마 없을 때 아이들이 아빠를 힘들게 한다는 것을, 혼자 두 아이 맡으며 집안일에 업무까지 하느라 고생하는 나를.

정말 내 자신을 바보라고 손가락질하고 싶었다. 부모라면 누구나 감당하는 일을 하고 있을 뿐인데, 아내는 잘 감당하고 있는데, 왜 혼자 힘들다고 난리인가! 정말 개고생을 해 봐야 정신 차리는지….

세 번째 진단 결과는 아직 아내에게 말하지 않았다. 미안해서, 부끄러워서. 기약 없이 비밀 상자에 봉인 중이었는데, 이렇게 어영부영 열고 말았다. '잔고생 티 내기 욕구'를 다스리고 똑바로 살기 위해 내린 결정이다.

하지만 고민이다. 아내에게 이 글을 보여 줄지 말지.

4.
벼락부자 콤플렉스

　　사촌 여동생 결혼식에서 아내와 내가 접수를 맡게 되었다. 형이 회사 일로 바빠서 아내가 대타로 들어선 거다.

　　결혼식 날, 늦지 않기 위해 서둘러 갔더니 1시간 20분이나 일찍 예식장에 다다랐다. 축의금 접수대에는 앞서 예식을 치르는 가족이 아직 자리하고 있었고, 로비에는 아예 의자가 없었다. 하는 수 없이 예식홀 안으로 들어갔다. 다행히 막 본식을 마치고 사진 촬영을 시작한 터라 앉을 자리가 꽤 있었다. 구석으로 향한 아내와 나는 생판 모르는 남의 결혼식에 하객인 양 앉았다.

　　"사진 찍는 거 구경이나 하자. 이것도 재미야."

　　아내는 나의 제안에 웃음으로 동의했다. 딱히 할 일도 없고, 다리를 쉴 곳은 예식홀뿐이니 굳이 거부할 이유는 없었을 거다.

양가 가족 친지들이 차례로 사진 찍는 걸 보면서 아내와 나는 아이들 이야기를 나눴다.

"별아랑 수인이 징징대지 않을까? 지하철에 앉을 데 없어서."

"어머님 아버님 힘드실까 걱정이네."

우리는 접수 업무 때문에 두 딸을 할아버지 할머니에게 맡기고 먼저 왔다. 아이들이 예식장에 오래 있으면 지루할까 봐 할아버지 할머니가 지하철을 타고 데리고 오기로 한 거다.

"앉아서만 올 수 있으면 애들이 힘들게 하진 않을 텐데…."

그때 아내 핸드폰이 울렸다. 역시 접수를 돕기로 한 형수(아내에게는 형님) 전화였다. 아내는 통화를 하기 위해 예식홀을 종종걸음으로 빠져나갔다. 때맞춰 박수 소리가 울려 퍼졌다. 신랑 신부가 사진 촬영을 위해 키스를 나누고 있었다. 로맨스 영화의 한 장면 같은 진한 키스였다.

"좋을 때다."

나도 모르게 아저씨 같은 소리가 튀어나왔다. 하지만 비꼬려는 마음은 '1'도 없었다. 정말 보기 좋았고, 은근히 부럽기까지 했다. 나와 아내의 결혼식에 키스신은 없었다. 그때만 해도 옛날이어서 그랬는지는 모르겠지만.

키스신 촬영 다음은 부케 던지기였다. 진행자의 지시에 따라 신부가 돌아서고, 신부의 친구가 부케를 받기 위해 무대 앞에 나섰다. 신부가 다소 긴장한 얼굴로 연신 친구를 돌아보았다. 이윽고 불꽃처럼 터지는 박수와 환호 그리고 날아가는 부케…. 어느 순간 나는 뭔가에 홀린 듯 박수를 치고 있었다.

부케 던지기가 끝나자 아내가 돌아왔다. 자연스럽게 웨딩드레스 입은 아내의 모습이 겹쳤다. 한순간 울컥했다. 이제 아내도 꽤 나이를 먹었다는 생각이 들었다. 사랑한다고 말하고 싶었다. 하지만 곧바로 형수가 뒤따라 들어오는 바람에 꿀꺽 삼켰다.

'자기 고생 안 시킬게. 평생 호강하게 해 줄게.'

결혼하면서 아내에게 이런 약속은 하지 않았다. 약속을 지킬 자신이 없을뿐더러 못 지키면 더 미안해질까 봐.

"같이 고생하자. 하지만 생고생하지 않도록 내가 최선을 다할게."

내가 한 말은 이게 전부였다. 그것도 농담을 건네듯 웃으면서. 미안한 마음에 진지하게 말하기가 겸연쩍었다. 아내도 그저 웃음으로 내 말을 받았다. 나랑 결혼해서 팔자가 펼 거란 기대는 애당초 안 했다는 듯.

여자에게는 신데렐라 콤플렉스가, 남자에게는 온달 콤플렉스가 있다고들 한다. 화려한 인생을 선사할 이성을 만나기를 바라는 심리. 이런 마음이 '0'인 사람도 있겠지만, 아주 조금씩은 가볍게라도 품고 있지 않을까 짐작된다. 그저 결혼 전보다 결혼 후의 삶이 배우자로 인해 물질적으로 좀 넉넉해지기를 바라는 마음, 이 정도는 애교로 볼 수도 있지 않을까? 냉정하게 콤플렉스로 규정할 필요는 없을 것 같다.

나는 그 애교가 있었다. 아니, 있다.

아내에게도 내 덕분에 살림 좀 피기를 바라는 마음이 손톱만큼은 있었을 거라, 있으리라 생각한다. 하지만 나는 아내의 소망을 채워 준 적이 없다. 앞으로도 할 수 있을지 확신이 없다.

한 6개월 전부터 로또를 시작했다. 성실하게 일하며 먹고살 정도만 벌면 그만이라 생각했던 내가, 복권은 헛된 욕심이라며 쳐다보지도 않던 내가 변해 버렸다. 말 그대로 일확천금을 꿈꾸게 되었다. 나이는 늘어가고, 수입은 줄어가고, 아이들은 커가니 하늘에서 내려오는 동아줄을 잡고 싶었다. 아내와 신랑 신부처럼 키스를 나누며 청사진을 그리고 있을 처지가 아니었다.

아니, 다 핑계다. 일하기 싫어서, 과정 없이 결과만 바라서, 편하게 놀고먹고 싶어서 로또에 눈을 돌렸다는 게 맞는 말일 거다. 그런 내가 부끄러워서 괜히 엉뚱한 핑계를 대는 거다.

나는 '벼락부자 콤플렉스'에 걸리고 말았다. 아내와 같이 고생하려는 마음조차 희미해졌다. 아내 혼자 고생하고 있는데, 나는 로또를 매주 오천 원 할까 만 원 할까 고민하고 있다. 아내는 재미로 오천 원어치만 하는데, 나는 점점 당첨금에 얽매이고 있다. 이러다 부자는 안 되고 벼락만 맞는 건 아닐지 모르겠다.

5.

짐꾼 동행 욕구

"올레길에서 실종됐대!"

큰맘 먹고 떠난 제주도 가족 여행을 마치고 공항으로 돌아가던 길이었다. 렌터카 차창 밖 가로수에 걸린 현수막이 언뜻 눈에 들어왔다. 육십 대 할머니가 올레길 산책하러 나갔다가 행방불명 됐다는 내용이었다. 현수막은 자녀들이 만든 것인지 "어머니를 애타게 찾습니다."라는 문구가 적혀 있었다.

아내도 걱정되는 듯 탄식을 토했다.

"얼마나 마음이 아플까?"

가슴 아픈 현수막을 지나쳐 신호등 빨간불이 들어와 횡단보도 앞에 멈춰 섰다. 조수석에 앉은 아내를 슬쩍 곁눈질했다. 이어서 고개를 돌려 뒷좌석의 두 딸을 힐끔거렸다. 감사했다. 우리 네 식구 모두 제자리에 무사히 있음에. 기도했다. 실종자 가족이 어머니를 꼭 찾을 수 있도록.

　서울행 비행기 안에서 남몰래 진지하게 생각했다.

　'아내가 없다면, 별아와 수인이에게 엄마가 없다면 우리 가정은 어떻게 될까?'

　나는 살기는 살 거다. 아이들을 키워야 하니 말이다. 하지만 생기와 활기는 잃어버릴 게 뻔하다. 오로지 아이 키우는 낙으로 삶을 견디기만 할 것 같다.

　아이들의 삶은 어떤 그림이 그려질지 도무지 가늠이 안 된다. 엄마가 두통이나 몸살만 앓아도 훌쩍훌쩍 우는 아이들이니… 아이들이 울보가 된 이유가 있다. 우선 별아는 유치원 시절부터 우정을 쌓아온 친구의 엄마가 하루아침에 하늘나라로 가는 바람에 죽음을 두려워하게 되었다. 엄마가 조금만 아파도 '우리 엄마도 갑자기 죽으면 어쩌지?' 하는 걱정에 사로잡힌다. 친구 엄마가 세상을 뜬 뒤 얼마 안 지나 엄마가 갑상선암으로 수술을 받은 것도 영향이 컸다. 그 사건은 죽음의 무게를 한층 더 늘려 주었다.

　수인이는 겁이 많고 마음이 약하다. 여린 천성에 엄마가 아프면 무서움에 눈물샘이 터진다. 천성과 상관없이 언니가 울면 따라 울기도 한다. 이건 그 또래 아이에게서 나타나는 자연스러운 반응이다.

비행기 밖 하늘은 구름 몇 조각만 떠다닐 뿐 파랗고 상쾌했다. 그러니까 도리어 마음에 먹구름이 끼는 느낌이었다. 아내가 없는 삶은 어둠뿐일 것만 같았다. 부끄럽게도 문득 별아와 수인이가 무거운 짐처럼 여겨졌다.

'나 혼자 이 짐들을 잘 이고 갈 수 있을까?'

스스로에게 던진 물음은 충격적인 깨달음을 끄집어냈다.

'혹시 아내를 짐꾼으로 여기고 있던 건 아닐까?'

내 삶의 짐을 나누어 지고 가는 짐꾼. 소름이 돋았다. 마음속에 아내를 그저 짐꾼으로 자리매김하고 살았던 건 아닌지….

'결국 난 동행하던 짐꾼이 자리를 비울까 봐 걱정했던 건가?'

온갖 감정이 소용돌이쳤다. 낯 뜨겁고, 창피했고, 미안했다. 행여 나는 아내에게 짐만 되고 있진 않은가 하는 생각마저 들었다. 정말 비행기에서 뛰어내리고 싶었다.

나의 이기적인 걱정을 '짐꾼 동행 욕구'라 표현해도 괜찮을지 모르겠다. 참 비겁하고 바보 같은 욕구다.

그나마 비행기에서 뛰어내리지 않은 건 잘한 짓이다. 뛰어내렸으면 아내뿐 아니라 아이들, 승무원과 승객들에게까지 짐이 되었을 테니.

6.
버킷리스트 역효과

      사십 대 초반에 버킷리스트를 작성했다. 10가지를 적어 한글 파일로 컴퓨터에 저장했었는데, 몇 가지 소개하면 다음과 같다.

    1번- 가족과 페루 마추픽추 등반

    2번- 가족과 미국 디즈니랜드 가기

    3번- 가족과 북극에서 오로라 보기

    4번- 출판사 세워서 자녀들에게 물려주기

    5번- 실명으로 창작동화집 출간

    사십 대 중반에 들어서면서 버킷리스트 파일을 삭제했다. 사십 대 후반인 지금 나머지 5가지는 전혀 기억이 안 난다. 기억에서 지워진 걸 보면 위에 소개한 항목들보다는 한결 소박했던 모양이다. 사실 소박하든 투박하든 이루지 못했다는 게 핵심이다. 이루었다면 기억에 남았을 테니.

버킷리스트 파일을 없앤 이유는 단순하다. 실현될 기미가 안 보여서다. 경제적으로 꾸준히 곤두박질치니 버킷리스트가 신기루처럼 아득해졌다. 5번 빼고는 돈이 없으면 이루기 힘든 바람들이니 들여다보면 볼수록 무기력해졌다. 냉정하게 볼 때 10가지 항목 중 한 가지도 이룰 가망이 없었다. 끝내 나는 이 악물고 딜리트 버튼을 눌렀다. 그나마 일본 디즈니랜드를 다녀온 것은 큰 위안이었다. "꿩 대신 닭"이라는 속담을 행복하게 체험한 시간이었다.

아니, 버킷리스트 파일을 없앤 이유는 복잡하다. 처음 버킷리스트를 만들었을 땐 가슴이 부풀어 오르고 마음에 생기가 돌았다. 왜 사람들이 버킷리스트 만들기를 추천하는지 알 것 같았다. 버킷리스트는 삶의 동력이, 희망이 되어 주었다.

하지만 시간이 갈수록 동력은 떨어졌고, 희망은 희미해졌다. 이루지 못하니까 허탈감과 자괴감만 커져 갔다. 버킷리스트 목록을 작성하며 너무 과욕을 부렸나 싶었지만, 그걸 인정하기는 싫었다. 한마디로 '버킷리스트 역효과'가 나타난 거다. 버킷리스트가 안긴 즐거움은 우울함으로 변해 버렸다. 나는 그 우울의 무게를 견딜 수 없어서 삭제를 선택했다.

경제적인 이유 외에 5번 항목을 실현하지 못한 영향도 무척 컸다. 돈과 상관없는 5번 항목은 내 꿈이다. 버킷리스트를 작성하기 십여 년 전부터 이미 '버킷리스트'였다.

나는 서른한 살에 계간지에 단편동화가 당선되어 등단했다. 그 무렵 아동문학 출판사에서 새내기 편집자로 일하고 있었다. 작가와 직장인의 삶을 병행하기가 난감했다. 다른 출판사에서 책을 펴내면 내가 몸담은 회사에 누를 끼치는 거나 다름없었다. 경쟁사를 이롭게 하는 짓이기 때문이다. 게다가 편집자에게는 유명 작가를 물어와서 베스트셀러를 내야 하는 사명이 있다. 내가 글을 쓴다는 건 이 사명을 등한시하는 행위이다. 이런 현실은 새내기 편집자에겐 큰 부담이었다.

궁리 끝에 나는 신분을 감추기로 마음먹었다. 얼굴을 드러내지 않고 필명으로 활동하기로 한 거다. 운 좋게도 7년 남짓 흐르는 동안 여섯 권의 창작동화집을 세상에 선보일 수 있었다. 많이 팔렸으면 솔직히 더 좋았겠지만 출판가에서 크게 성공하지는 못했다. 그래도 어린이 독자가 내 책을 읽는다는 것은 무엇과도 비할 수 없는 기쁨이자 설렘이었고, 그것만으로도 충분히 행복했다.

그런데 시간이 흐를수록 허탈해졌다. 신분을 감추고 살아가는 게 피로해졌다. 진짜 내 이름으로 창작동화집을 내고 싶었다. 그 욕망을 이길 수 없어서 실명으로 투고하기 시작했다. 그러자 저주에라도 걸린 듯 뜻밖의 일들이 일어났다. 일단 원고를 거절당하는 건 기본이고(물론 필명일 때도 거절당한 적은 많았지만), 편집장이 출간 결정을 내린 것을 사장이 뒤집거나 출판사 사정으로 출간 계약이 엎어지는 사건들이 생겨났다. 기획동화, 정보 서적 같은 경우는 무난하게 진행됐는데, 꼭 창작동화집만 그런 불운을 겪었다.

'내 이름으로 동화책을 내는 건 하나님 뜻이 아닌가?'

기독교인인 나는 오죽하면 이런 생각에까지 빠졌다. 지은 죄가 많아서, 아이들 앞에 서기엔 모자란 사람이라서 하나님이 나를 가로막는 거라 생각했다.

이제는 창작동화는 아예 안 쓴다. 옛날의 필명으로 투고해도 번번이 미끄러져서 완전히 의욕을 잃었다. 생계를 지키기 위해 쉴 새 없이 돈을 벌어야 해서 창작동화를 쓰고 앉아 있을 시간도 없다. 나는 원고 교정, 윤문, 대필 등을 하며 돈을 벌고 있다.

요즘 아내는 이곳저곳 아프고 쑤시다는 말을 자주 한다. 어깨가 결리고, 골반이 쑤시고, 종아리가 땅기고, 손가락 마디마디가 저릿하다고 한다. 몸이 상한 아내를 위해 나는 '아주 가끔' 안마를 해 준다.

어느 날 맥없이 엎어진 아내의 몸을 주무르다가 설핏 이런 생각이 들었다.

'우리도 호텔에서 한 달 살기, 해 볼까?'

통장 잔고 없애고 아내가 치킨집을 그만두면 실현 가능한 일이었다. 다만 호텔에서 한 달 살고 체크아웃한 뒤의 삶을 생각하면 불가능한 일이었다.

나는 머릿속 생각을 밖으로 꺼내려다 그만두었다. 아내도 당장은 좋다면서 웃겠지만, 그저 웃음으로 끝날 테니까. 이 생각을 멈추자 새로운 생각이 둥실 떠올랐다.

'뭐야, 이거? 호텔에서 한 달 살기가 지금 버킷리스트가 된 거임? 내 의지와 상관없이?'

7.

천생서민 증후군

지금 살고 있는 25평 아파트는 결혼하며 주택담보대출로 마련한 신혼집이다. 15년 넘게 둥지를 한 번도 옮기지 않고 쭉 살았다. 천만다행으로 대출금은 다 갚았다. 처음 2억 남짓했던 집값은 6억대로 뛰었다. 세 배 정도 올랐지만 착시효과일 뿐 좋아할 일은 아니다. 다른 집들도 같이 올랐고, 더 오른 데도 많으니까.

이사를 고민 중이다. 별아 중학교 진학 문제와 아내 일터 문제가 이사의 주요 동기다. 하지만 서울 안에서는 우리 집을 팔아봐야 같은 평수 아파트는 언감생심이다. 두 가지 문제를 다 덮어둔 채 대책 없는 새 출발을 각오하고 서울을 떠나면 조금 더 넓은 평수도 가능하다. 하지만 이 경우 별아 전학 문제가 발목을 잡는다. 3학년 때까지 친구 관계로 고통을 겪었던 별아는 4학년 때부터 친한 친구들이 여럿 생겨 행복한 학교생활을 하고 있다. 5학년 때는 부반장도 되어 행복이 더해졌다. 부모가 주도하는 이사로 딸의 행복을 앗을 수는 없는 노릇이다.

어느 날 집에서 아내와 단둘이 점심을 먹던 중이었다. 아내가 불쑥 이런 말을 꺼냈다.

"그냥 시골 싼 집으로 이사 갈까? 남은 돈으로 세계 일주나 가는 건 어때?"

일단 웃음이 나왔다. 상상만으로도 즐거웠다. 세계 일주는 내 꿈인 동시에 별아의 꿈이기도 했다. 그런데 내 입에선 생뚱맞게 이런 말이 튀어나왔다. 생각하고 한 말이 아니라 저절로 나온 거다.

"자기, 집 판 돈 쓸 수 있겠어?"

정곡을 찔린 사람처럼 아내의 표정이 굳어졌다. 순간 나도 긴장이 됐다. 괜히 흥을 깬 건 아닌가? 그냥 신나게 맞장구나 쳐줄 걸 그랬나?

이윽고 아내가 피식 웃었다. 그리고 열없는 웃음 뒤에 이어진 한마디.

"못 쓰겠는데."

나는 괜히 멋쩍어서 너털웃음을 지었다. 아내도 그냥 웃어버렸다. 꿈과 현실이 다른 것을 인정하는 웃음 같았다.

'천생서민 증후군'이란 말을 지어 보았다. 딱 우리 부부에게 어울리는 표현이다. 아내나 나나 타고난 서민이다. 상상에서조차 돈을 펑펑 못 쓰는 걸 보면.

지금껏 살면서 통 크게 돈을 쓴 적이 있었나 싶다. 쥐포 한 봉지 사는 데도 벌벌 떠는 걸 보면 아마도 없었을 것 같다. 여기서 말하는 쥐포는 우리 부부에게 신세계를 마주하게 해 준 '꿀템'이다. 시리얼 봉지와 엇비슷한 크기의 봉지에 담긴 쥐포는 우연히 어느할머니의 소개로 알게 되었다. 아내가 동네 마트에서 장을 보고 있는데, 모르는 할머니가 "이거 진짜 맛있어요." 하며 추천해 주었단다. 쥐포 마니아인 아내는 반신반의하며 쥐포를 집어 들었다고한다.

할머니의 말은 진실이었다. 진짜 맛있었다. 구워 먹어도, 날로 먹어도 입에 착착 감겼다.

문제는 가격이었다. 상설 할인판매 상품이었지만 무려 19,800원! 새우깡처럼 자주 사 먹기에는 제법 부담이 갔다. 딸들이 쥐포를 좋아하면 두 눈 꼭 감고 살 텐데, 그게 아니라서 넙죽넙죽 사기가 껄끄러웠다. 아이들 간식비보다 엄마 아빠 간식비가 더 들어가면 쓰겠는가!

장은 주로 내가 본다. 쥐포를 살 때마다 망설인다. 사려는 마음을 두 번 먹으면 한 번은 거르고 한 번만 산다. 내게 두세 번 쥐포를 주문했던 아내는 이제는 침묵만 지킨다. 내가 사다 주면 먹고 안 사다 주면 참으려는 마음이 엿보인다.

쥐포를 마음 놓고 살 수 있는 방법은 두 가지다. 돈을 많이 벌거나 아이들이 쥐포를 좋아하게 만들거나. 어떤 방법이 더 쉬울지는 잘 모르겠다. 아마도 이런 고민은 서민들만의 몫이겠지?

8.

김 기사 증후군

"오늘은 피곤해서 운전 연습 못 하겠어."

아내는 정말 피곤에 찌든 목소리로 말했다. 나는 아내의 운전 솜씨가 얼른 늘었으면 하는 바람에 강행군을 하고 싶었지만 뜻을 굽혀야 했다. 어제 치킨집이 바빠서 새벽 2시에 돌아온 아내에게 무리를 시킬 수는 없었다.

요즘 아내는 나한테 운전을 배운다. 정확히는 주차 강습을 받고 있다. 수인이를 차로 유치원에 데려다준 뒤 아파트 주차장에서 아내가 운전대를 잡는다. 그리고 빈 주차 공간에 차를 대는 연습을 한다. 주차에 능숙해지면 도로에 나갈 예정이다. 부부 사이에 운전 강습은 금물이라지만, 나에게는 우리 부부는 잘해낼 거라는 신념이 있다. 누가 들으면 코웃음 칠지 모르겠지만, 나는 내 성격을 믿는다. 아내 성격도 믿는다. 혹시나 내가 좀 나무라도 아내는 잘 참아 줄 거다. 정말로 잘 참아… 주겠지?

주차 실습 두 달 동안은 다른 차가 없는 기둥 옆이나 벽면에만 주차를 했다. 한 단계 높여서 다른 차들 사이에 차를 집어넣는 연습을 해야만 했다. 현실에서는 내 차만 댈 수 있는 여유로운 공간을 만나기 어려우니까.

어느 날 비교적 두 차 사이가 넉넉한 공간을 만났다. 나는 브레이크를 밟은 뒤 아내에게 물었다.

"오늘은 저기다 대 보자. 자기 이젠 할 수 있을 거야."

아내는 1초의 망설임도 없이 대답했다.

"아냐 아냐. 아직은 안 돼!"

너무나 단호한 태도에 두 번 권할 수가 없었다.

그때 내가 강하게 밀어붙였어야 했다. 석 달이 넘어가는 지금도 아내는 아직 때가 아니라며 손사래 친다. 여전히 벽면과 기둥 옆만 찾고 있다. 도로에 나갈 날은 까마득하다.

최근 고민이 생겼다.

'아내가 운전 실력이 늘었을 때 혼자 운전을 하게 돼도 괜찮을까?'

이런 고민이 생긴 건 우리나라의 교통사고 처리 방식 때문이다.

차량 블랙박스에 담긴 영상을 소재로 하는 방송을 누구나 한 번쯤은 보았을 법하다. 길을 건너는 어르신을 부축하거나 응급 환자를 도와주는 훈훈한 장면도 많지만, 교통사고를 해괴하게 처리해서 분노를 일으키는 장면도 꽤 많다.

나도 화가 났던 방송이 몇 개 있다. 혼자 자전거 타다 넘어진 할머니가 구호 조치를 해 준 운전자에게 책임을 물은 사건, 킥보드로 과속하다 넘어진 이십 대 여성이 운전자가 안부를 물었음에도 뺑소니로 신고한 사건, 골목에서 갑자기 튀어나온 아이를 친 운전자에게 아이 부모가 거액의 보상금을 요구한 사건. 이 세 가지 사건을 다룬 방송이 가장 기억에 남는다.

교통사고에서 잘잘못을 따질 때 보는 사람마다 판단이 다를 수는 있다. 문제는 사고 처리의 열쇠를 쥔 경찰이나 보험회사가 무성의하게 가해자와 피해자를 단정하는 일이 비일비재하다는 거다. 특히 차 대 사람 사고일 때 무조건 차의 잘못으로 모는 경우가 수두룩하다. 가령 운전자가 교통법규를 잘 지킨 상황에서 무단횡단자를 쳐도 경찰은 운전자를 가해자로 정한다. 보험회사는 일단 치료비를 물어주고 운전자에게 보험료 할증을 매긴다. 상황이 이러하니, "대한민국에서는 법을 어긴 사람이 보호받고 법을 지킨 사람이 벌을 받는다."라는 한탄이 나온다.

어이없는 내용의 방송을 자주 보다 보니 아내에게 운전대를 맡기기가 꺼려졌다. 내가 옆에 타고 있으면 그나마 낫겠지만, 혼자 운전하다 사고가 생겼을 경우 아내가 꿋꿋이 감당할 수 있을까? 물론 내가 아내를 너무 낮잡아 보는 걸 수도 있다. 내 걱정 따위가 무색하게 아내는 당당하고 지혜롭게 사고를 처리할지도 모른다. 하지만 어쨌든 삶은 힘겨워진다. 방송에도 정말 아무 잘못이 없는 데, 이를 증명하기 위해 소송까지 벌이는 사람이 종종 등장한다. 이들이 진실을 밝히기 위해 치르는 고통은 오로지 본인의 몫이다. 소송이 얼마나 몸과 마음을 지치게 하는지 해 본 사람은 알 거다.

고민 끝에 나는 아내에게 운전을 가르치는 일에 서두르지 않기로 했다. 우선은 교통사고 처리 방식이 개선되는 일에 미약하나마 보탬이 되도록 노력하기로 마음먹었다. 그래 봤자 방송에 댓글 쓰는 게 전부지만, 댓글은 곧 여론이 될 수 있으므로 무익하지는 않을 거다.

개선의 그날까지는 충직하고 든든한 '김 기사'가 되고자 한다. 흑기사는 못 되더라도 김 기사가 되어 아내를 차로 편히 모실 작정이다. 나는 스스로 '김 기사 증후군'에 걸리기로 한 거다. 내가 성이 김이라서 그런 거지 이 땅의 수많은 김 씨를 비하하려는 뜻은 없다.

"여보, 내가 몸에 탈이 나는 비상상황을 대비해서 자기한테 운전을 권한 건데, 걱정하지 마. 나 아직 튼튼해. 운전 배우느라 스트레스받지 말고, 이 김 기사를 맘껏 부려먹어. 자긴 그럴 자격 있어. 내 아내니까!"

9.

나이스 사위 콤플렉스

　　　　남자라면 나이스 가이(nice guy)로 사는 게 좋다. 그러면 세상이 밝아진다.

　사위라면 나이스 사위로 사는 게 좋다. 그러면 처가가 밝아지고, 아내 얼굴에 웃음꽃이 피고, 본인 가정이 화목해진다. 나이스 가이로 사는 것보다 장점이 둘이나 더 많다. 어디까지나 내 개인적인 생각이지만.

대화 1〉

"어머님, 딸 보면 좋으세요?"

"좋지."

"맨날 싸우시면서, 하하하!"

"호호호!"

대화 2〉
"어머님, 친목 모임 나가시는 거예요?"
"응."
"혹시 저희 몰래 땅 보러 가시는 거 아니죠? 하하하!"
"사위, 장모도 땅 좀 있었으면 좋겠네."

장모님과 내가 나눈 대화들이다. 단둘이 있을 때는 아니고, 아내도 함께 있을 때였다. 대화 1과 2, 둘 다 정확히 언제인지는 가물가물하다. 대화 1의 시점은 별아를 낳기 전, 그러니까 결혼 4년 차쯤인 듯하다. 대화 2의 시점은 별아가 유치원에 다닐 무렵이었던 걸로 기억한다. 아무튼 참 버르장머리 없는 사위의 모습을 여실히 드러내는 대화가 아닐 수 없다. 딴에는 곰살맞게 굴려고 한 말인데, 너무 오버한 느낌이 든다. 새삼 장모님에게 감사하다. 두 번 다 웃음으로 넘겨 주셨으니까. 아내에게도 감사하다. 아내 역시 웃기만 하고, 날 타박하지 않았으니까.

별아를 낳기 전까지는 일주일에 한 번 꼬박꼬박 장모님을 찾아 뵈었다. 별아가 생기며 조금 뜸해지고, 수인이가 생기며 더 뜸해졌다. 지금은 한두 달에 한 번 정도로 줄었다. 먹고살기 바쁘고 애들 키우느라 정신없어서, 라는 핑계를 대며 집에서 뒹굴거리고 있다. 장모님에게도, 아내에게도 죄송할 따름이다.

아내와 장모님은 가끔, 아니 자주 다퉜다. 전화로 다투고, 만나서 다투고, 다툰 다음 한동안 안 보기도 하고. 결혼 5년 차까지는 이런 일이 수차례 되풀이됐다. 그 후 조금씩 줄어들었고, 결혼 15년 차를 넘기고 있는 지금은 손에 꼽을 정도다. 싸워도 가볍게 옥신각신하는 수준이고, 금방 화해한다. 자칫 아내와 장모님의 명예를 훼손할 우려가 있어 싸움의 이유를 밝힐 수는 없고, 갖가지 이유로 싸웠다는 말로 넘어간다.

결혼 초기에는 장모님과 아내가 다툴 때마다 가시방석에 앉은 기분이었다. 누구 편도 들기 곤란하고, 섣불리 중재에 나서기도 무엇해 그저 나무토막처럼 가만히 있었다. 그러다 정말 뭐라도 해야 할 것 같아서, 나무토막으로 세월만 보내면 안 될 것 같아서 '죽을 각오'로 '대화 1'을 시도했다. 물론 장모님과 아내가 한창 싸우는 중에 한 건 아니다. 싸우고 나서 화해했을 때 한 거다. 이 시도가 제법 먹혀들었다. 괜찮은 반응에 자신감을 얻은 나는 이후 당돌한 농담을 시시때때로 던졌다. 그 한 예가 바로 '대화 2'다. 나의 농담들이 장모님과 아내는 어땠는지 모르겠지만, 나는 좋았다. 농담을 하고 나면 장모님과 한결 친해지는 느낌이 들어서였다.

지금에 와서 하나둘 톺아보면 장모님과 아내의 다툼은 사랑이

아니었을까 싶다. 엄마와 딸만이 나눌 수 있는 특별한 사랑. 그 사
랑을 장모님과 아내는 조금 과격하게 주고받았던 것 같다. 일흔을
향해 달려가는 장모님과 마흔을 훌쩍 넘긴 아내는 이제 그 사랑
을 아기자기하게 가꾸어 간다. 둘의 전화통화나 대화에서는 다정
함이 물씬 풍긴다. 엄마와 딸은 나이 들면 친구가 된다더니, 둘은
정말 친구가 되었다. 그것도 단짝 친구로 지내며 서로 배려하고,
위로하고, 편들어 준다.

　나는 스스로에게 공치사를 한다. 장모님과 아내 사이가 도타워
지고 따뜻해진 바탕에는 나의 선을 넘는 농담이 있었다고. 둘은
인정하지 않겠지만, 나는 내 공을 강조하고 싶다. 나의 농담은 나
이스 사위가 되기 위한 노력이었고, 그 노력은 통했다.

　출판 관련 프리랜서로 살아온 시간이 11년에 이르렀다. 출판계
불황 탓도 있지만 나이가 들면서 일감이 점점 줄고 있다. 다른 업
계는 모르겠지만, 출판계는 늙은 프리랜서를 그다지 반기지 않는
다. 낮은 임금에 맘 편하게 부릴 수 있는 젊은 프리랜서를 선호한
다. 일감이 줄어 수입도 줄었다는 걸 장모님도 알고 있다. 그래서
요즘 몹시 걱정하신다.

　"자네도 더 나이 들기 전에 정착해야지."

　장모님의 이 말씀은 참 많은 생각을 들게 했다. 프리랜서는 냉정

하게 말해 정착과는 거리가 먼 직업이다. 수입이 고정적이지 않아 늘 나그네의 마음으로 살 수밖에 없다. 대다수 프리랜서의 사정이 비슷하다.

내가 수입이 줄면서 아내의 노동시간은 더 길어졌다. 장모님의 마음을 낱낱이 헤아릴 수는 없지만 딸에 대한 걱정이 더 커지셨을 거다. 아내는 몇 년 전부터 각종 여성 질환과 싸우고 있는 중이다. 내가 돈을 많이 벌었다면 그 질환들에서 피해갈 수 있었을지도 모른다.

어쩌면 장모님은 돈을 적게 버는 사위가 못마땅하실 수도 있다. 괜찮다. 내가 장모라도 그럴 테니까.

"어머님, 너무 걱정하지 마세요. 다 잘될 거예요, 하하하!"

시름 깊은 장모님 얼굴을 마주하며 나는 너스레를 떨었다. 어떤 의미였는지는 정확히 모르겠지만 장모님은 웃었다. 곁에 있던 아내도 웃었다.

앞으로 돈을 많이 못 벌어도 나는 계속 버릇없는 농담을 던질 거다. 이건 고칠 수 없는 나만의 '나이스 사위 콤플렉스'다. 누군가는 억지라고 손가락질할지 모르겠으나 이 콤플렉스는 결코 나쁘지 않다. 장모님과 아내를 웃게 만드니까. 내가 웃음을 줄 수 있는 일은 농담뿐이다.

10.

부부 간병인 페르소나

　　'엄마 목에 좋은 음식'이란 제목의 문서 한 장을 냉장고에 붙였다. 갑상선암에 걸린 아내를 위한 먹거리와 먹을 때 주의 사항을 정리한 문서다.

"아빠, 이거 왜 붙인 거야?"

낯선 내용의 문서에 별아가 호기심과 궁금증을 담아 물었다.

"엄마가 목이 아프잖아. 그래서…."

의도하지 않았는데 말끝이 흐려졌다. 설핏 별아의 얼굴도 흐려졌다.

"엄마 수술하면 낫는 거지?"

"그럼 그럼! 수술만 하면 돼. 걱정하지 마."

나는 잽싸게 별아의 어깨를 토닥였다. 그때 텔레비전을 보고 있던 수인이가 불쑥 끼어들었다.

"엄마 수술해?"

'수술'이란 낱말이 귀에 꽂힌 모양이다. 수인이는 얼마 전 어린이 유튜브 방송에서 수술에 관해 배웠다.

"응. 근데 간단한 수술이야. 금방 끝나."

둘러대는데 괜스레 진땀이 났다. 별아도, 수인이도 엄마가 갑상선암에 걸린 줄 모른다. 그냥 목이 아파서 병원에 입원해 수술해야 하고, 수술하면 싹 낫는 줄로 알고 있다.

갑상선암은 효자암이라고 불리듯 아내도 수술만으로 깨끗이 나을 것으로 기대가 됐다. 문제는 난소암마저 의심되는 상황이었다. 갑상선암 진단을 받고 수술받을 병원을 찾다가 난소암 의심 소견을 들었다. 갑상선암 수술도 급한 상황이라 부랴부랴 대학병원의 문을 두드렸다. 난소암이면 대학병원에서 한날에 갑상선암 수술과 난소암 수술을 같이 받을 계획이었다. 이런 상황에서 딸들에게 진실을 감춘 채 태연하기가 참 버거웠다. 나는 평소보다 더 다정하고 유쾌한 아빠인 척 가면을 써야 했다.

천만다행으로 난소암은 비켜 갔다. 난소에 달렸던 커다란 혹이 자연적으로 터졌다는 의사의 말을 듣고 얼마나 안도의 한숨을 내쉬었는지….

아내는 한결 가벼운 마음으로 갑상선암 수술을 받기 위해 병원에 입원했다. 코로나가 절정인 터라 보호자는 한 명만 입실이 가능했고, 병실에 한 번 들어오면 환자가 퇴원할 때까지 머물러야 했다. 병원 밖을 나가면 코로나 검사를 받고 음성 판정을 받아야만 다시 들어올 수 있었다. 하는 수 없이 별아와 수인이를 할머니 댁에 맡기고, 나는 아내와 더불어 3박 4일간 병원살이에 들어갔다.

감사하게도 수술은 성공적이었다. 의사는 무리 안 하고 잘 쉬면 금방 회복할 거라 말했다. 나는 아내를 지극정성으로 보살펴서 얼른 활기를 되찾아주겠다 마음먹었다. 아내를 간병하는 게 두 번째라 자신 있었다. 아내는 10년 전에도 자궁근종 복강경 수술을 받느라 2박 3일 입원했었고, 나는 병실에서 먹고 자며 아내를 보살폈다.

그런데 이번에는 좀 힘들었다. 열 살이나 더 먹은 나이 탓일까? 떨어져 있는 두 아이를 신경 쓰느라 정신적으로 피곤해서일까? 아무튼 첫 번째 간병에 비하면 몇 배 더 힘들었다. 아무래도 그때는 별아 낳기 전 우리 부부만 살던 때라 몸도 마음도 가뿐했던 건 사실이다.

"살살 일으켜 줘."

"침대를 너무 높이 세웠잖아."

"물 조금만 따르라니까."

아내의 요구 사항과 불만 사항이 콜센터처럼 쏟아졌다. 나는 철저하게 교육받은 콜센터 직원처럼 어떠한 상황에서든 미소로 응대하고 솟아오르는 짜증을 꾹 참았다. 입원 기간이 3박 4일이라 정말 다행이라 생각했다. 4박 5일이었다면 제품에 지쳐 쓰러졌을지 모른다. 5박 6일이었다면? 음….

아내는 무사히, 건강하게 퇴원했다. 내 간병 덕분이라 생색내고 싶지만 솔직히 그건 아니고, 아내가 스스로 잘 이겨낸 덕분이다.

그 3박 4일을 되돌아보면 내가 한 가지 잘못한 게 있다. '남편'으로서 아내를 돌보고자 달려들었다는 거다. '간병인'의 마음가짐으로 나섰다면 돌봄이 훨씬 수월했을 거다. '사회적 가면'인 페르소나(persona)를 써야 했다. 바로 간병인 페르소나. '부부'라는 두 글자를 넣어 '부부 간병인 페르소나'.

페르소나는 고대 그리스 가면극에 쓰였던 가면이다. 분석심리학자 칼 구스타브 융은 이 개념을 자신의 이론에 적용했다. 대다수 사람이 페르소나를 쓰고 살아간다. 특히 직업인들은 '나'를 숨기고 직업에 따른 가면을 쓴다. 의사는 의사의, 승무원은 승무원의, 콜센터 상담원은 콜센터 상담원의 가면을 철저하게 써야만 사회생활 잘한다는 소리를 듣는다. 이 가면에 염증을 느끼고 '나'를 드러내려 하면 사회생활이 피곤해진다.

부부라면 일생 동안 적어도 한 번은 배우자의 병바라지를 하게 되지 않을까 싶다. 내 경험에 비추면 이때만큼은 페르소나가 필요한 것 같다. 간병인 페르소나를 단단히 써야만 본인이 편해진다. 아내가 다시는 병원 침대에 눕지 않기를 바라지만, 또 그런 순간이 닥친다면 진짜 잘할 거다. 간병인으로 완벽하게 변신할 거다.

3부
나이만 처먹은
아들의 엉터리 심리학

1.

내리사랑 조급증

부모님 댁 냉장고에는 늘 아이스바가 들어 있다. 아버지가 틈틈이 사다가 쟁여 둔다. 자녀들이 찾아왔을 때 맘껏 꺼내 먹으라고. 아버지에게 자녀들이란 맏아들, 맏며느리, 고등학생 손자 둘, 막내아들, 막내며느리, 초등학생 손녀, 유치원생 손녀 이상 여덟 명이다. 내가 막내아들에 해당한다.

기독교를 믿는 우리 가족은 보통 일요일에 모인다. 모두 한 교회에 다니기에 오전 예배를 마치고 부모님 댁에 모여서 점심을 먹는다. 밥 먹는 시간까지 포함해 두 시간쯤 이런저런 이야기를 도란도란 나누다가 내일을 기약하며 헤어진다. 어쩌면 요즘은 보기 드문, 가정의 한 풍경이 아닐까 싶다.

점심 식사 풍경은 거의 변함없다. 거실에 교자상 두 개가 놓이고, 아버지의 자리만 지정석으로 정해진다. 나머지 식구는 앉고 싶은 곳에 마음대로 앉아 편하게 먹는다. 식사 자리를 가장 먼저 뜨는 사람은 언제나 아버지다. 식사를 빨리하는 습관 때문이 아니다. 자녀들에게 후식을 챙겨주기 위해서다. 아버지는 숟가락을 놓기가 무섭게 부엌으로 간다. 손수 과일을 깎아 쟁반에 담아 거실로 돌아온다. 이건 아버지가 반평생 해온 일이다. 어쩌다 한두 번 빼고는 기상나팔을 부는 군인처럼 규칙적으로. 내일모레면 팔순인데, 아버지는 그 규칙을 바꿀 의향이 전혀 없어 보인다.

처음엔 자녀들이, 특히 며느리들이 아버지가 과일 준비하는 것을 말렸다. 송구한 마음 때문이었다. 하지만 아버지가 꿋꿋이 후식을 베풀자 그냥 감사히 받아먹기로 했다. 서로 말은 안 했지만, 그게 아버지 방식의 사랑이라는 걸 다들 알게 된 거다.

한 3년 전부터 과일에 아이스바까지 추가되었다. 누가바, 비비빅, 아맛나, 메로나, 호두마루 등 신구 세대를 아우르는 메뉴로. 아버지의 넘치는 사랑으로 후식은 한층 풍성해졌다. 옥에 티가 있다면 아이스바의 서빙 시간이었다. 여전히 일등으로 식사를 마치는 아버지는 과일에다 아이스바까지 자녀들의 식탁에 놓아 주었다. 한창 밥을 먹는 중인데 아이스바를 가져다주니 대략 난감했다.

"다 녹잖아요. 밥 다 먹으려면 멀었는데…."

"다시 냉장고에 넣어둘게요. 저희가 알아서 꺼내 먹을 테니, 쉬고 계세요."

형도, 나도 아버지를 말렸지만, 아버지는 쿨하게 받아쳤다.

"괜찮다."

결말은, 괜찮지 않았다. 지극히 당연하게도 밥그릇을 비우고 아이스바 껍질을 뜯었을 때 녹아내리고 있는 아이스바 속살과 마주해야 했다. 별아와 수인이는 얼른 아이스바를 먹고 싶어서 밥을 제대로 먹지 않았다. 별아는 한 가지 반찬만 공략하며 후딱 밥을 해치우려 했고, 수인이는 배부르다는 거짓말로 밥을 남기려 했다.

이런 일이 대여섯 번 되풀이되고 나서야 아이스바 서빙 시간이 바뀌었다. 아니, 방식이 달라졌다. 각자 알아서 밥 먹은 다음 냉장고에서 꺼내 먹는 방식으로. 아버지도 식사 중 아이스바 제공이 바람직하지 않다고 느끼셨는지 어느 날 문득 이렇게 말씀하셨다.

"밥 먹고, 아이스크림 꺼내들 먹어라."

과일은 여전히 같은 방식으로 제공된다. 건강이 허락하는 한 아버지는 과일칼을 손에서 놓지 않으실 것 같다. 존경스럽다. 아버지는 후식 과일 차리기의 장인(匠人)이다.

아버지 덕분에 3년 넘게 시원하고 맛있는 아이스바를 점심 후식으로 먹고 있다. 메뉴는 한결같이 누가바와 그 친구들이지만 조금도 질리지 않는다. 아이스바에 사랑이 담겨서 그런 모양이다.

밥 먹는 중에 아이스바를 밥상에 놓아 주던 아버지의 모습을 찬찬히 되새겨 본다. 노년기의 강을 건너고 있는 아버지는 이제 자녀들에게 사랑을 베풀 수 있는 시간이 얼마 안 남았다고 느꼈을지도 모른다. 그래서 당신의 사랑을 서둘러 주고 싶었는지도 모른다.

중년인 내가 노년의 삶을 낱낱이 헤아릴 수는 없다. 자녀인 내가 부모의 마음을 속속들이 알 수는 없다. 그저 짐작만 할 따름이다. 내 짐작에 아버지는 '내리사랑 조급증'을 앓고 있다. 그러나 아버지의 이 조급증은 보편적으로 알려진 조급증과 달리 행복한 병일 거라 생각한다. 아버지는 이 병이 나으면 오히려 행복에서 멀어질 것만 같다. 그래서 내심 후회스럽다. 녹아내리는 아이스크림도 "아버지, 진짜 맛있어요." 하며 즐겁게 먹을걸….

2.

불후의 소확행 추구 욕구

수인이가 태어나기 전, 별아가 한두 살 즈음이
던 때 이야기다. 그때는 가족 모임을 주로 토요일 저녁에 가졌다.
저마다 교회에서 맡은 사역이 있어 일요일 점심때에 맞춰 모두 모
이기가 힘들었다.

별아는 우리 집안의 첫 딸이라 사랑을 듬뿍 받았다. 두 손자에
게도 사랑을 퍼 준 할머니는 귀한 손녀에게도 사랑을 전하고 싶어
툭하면 나를 닦달(?)했다.

"별아 봐 줄 테니, 좀 자주 와라."

그 시절 어머니 댁과 우리 집은 걸어서 15분, 마을버스로는 10
분 거리였다. 마음만 먹으면 자주 갈 수 있을 만큼 가까웠다. 하
지만 자주 안 갔다. 혼자서 아기를 돌보는 게 힘들었지만, 그냥 꾹

참고 집에서 별아와 둘이 지냈다.

집을 뜨기 위해 아기용품을 챙기는 게, 어머니 댁 갔다 와서 그 것을 정리하는 게 엄청 귀찮았다. 원고를 다듬는 일을 하는 내게 아기용품 챙기기와 정리하기는 꽤 무거운 스트레스를 안겼다. 업무 리듬과 집중력을 깨뜨리기 때문이다. 집에 있으면 그냥 뭐든 널 브러진 채로 두었다가 일 마친 뒤 정리하면 그만이었다.

어머니 댁이 우리 집보다 넓은 것도 찾아가기를 꺼리게 한 주요 이유였다. 그래 봤자 32평인데, 내게는 운동장처럼 느껴졌다. 별아 가 쉴 새 없이 구석구석 쑤시고 다녀서 긴장을 풀 수 없었던 탓이 다. 특히나 집 안 곳곳에 놓인 아기자기한 화분들은 그야말로 지 뢰였다. 별아가 그 지뢰를 건드려 폭발사고를 일으키는 것을 막아 야만 했다.

이런 나를 별난 아빠라고 손가락질할지도 모르겠다. 어머니도 나를 은근히 그렇게 보는 것 같았다.

"남들은 할머니한테 애기 좀 봐 달라고 안달하는데, 너는 어째 봐 준다고 해도 싫다고 하니?"

어머니의 의문 어린 지청구에 나는 그저 웃음으로 답했다. 두 가지 이유를 미주알고주알 설명하기가 좀 애매했기 때문이다. 게 으르다, 유별나다는 말만 돌아올 것 같았다.

내가 안 찾아가면 어머니가 우리 집에 찾아올 법도 한데, 어머니는 그러지 않았다. 일하랴 육아하랴 정신없이 사는 아들과 며느리를 위한 배려였다. 나도 어머니를 초대하지 않았다. 어머니가 오면 아들 된 도리로 차 한잔이라도 대접해 드려야 하는데, 솔직히 그것조차 번거로웠다. 물론 어머니는 괜찮다고 만류하겠지만, 그래도 아들 입장에서는 그게 아니었다. 아무튼 이래저래 어머니는 주말이나 되어야 별아를 볼 수 있었다. 어머니는 손녀를 향한 사랑을 풍선에 물처럼 채워 두셨다가 일주일에 한 번 그 사랑 물풍선을 빵 터뜨렸다.

아기 별아도 할머니를 좋아했다. 할머니한테 안겨 생글생글 웃는 별아는 세상 가장 행복한 아기 같았다. 집에서는 엄마 껌딱지가 되는데, 할머니 집에서는 엄마와 떨어져 있어도 잘만 놀았다. 아빠에게는 할머니 집의 빗자루를 보듯 무관심했다.

그런데 물폭탄처럼 쏟아지던 할머니의 사랑이 잠시 주춤할 때가 있다. 바로 『불후의 명곡』에서 좋아하는 가수가 나오는 시간이다. 이때만큼은 할머니는 별아가 아닌 텔레비전에 빠진다. 어머니는 특히 알리와 임태경을 좋아했다.

알리든 임태경이든 알 리 없는 별아는 텔레비전에 눈길을 주고 있는 할머니에게 다가간다. 천진난만하게 안기고 매달리면서 사랑을 구한다. 그러면 할머니는 꼭 애원하는 사람처럼 이렇게 말한다.

"할머니 잠깐만 노래 좀 듣자."

구애에 실패한 별아는 시무룩해진다. 다행히 울지는 않는다. 대신 할아버지든, 큰엄마든 가까이 있는 사람에게 얼른 간다. 자기가 텔레비전에 밀린 상황을 쿨하게 받아들이는 모습이다. 별아가 떠나면 할머니는 마음 편하게 방청객처럼 감탄사까지 터뜨린다.

"와아, 정말 잘한다. 끝내주네."

어머니와 별아의 모습을 보며 나는 남몰래 웃곤 했다. 마치 둘이 '밀당'을 하는 것처럼 보여 웃음이 나왔다. 나중에 아내에게 이 이야기를 하니, 아내도 비슷한 느낌을 받았다고 했다.

도대체 어머니에게 『불후의 명곡』은 무엇일까? 단순한 오락거리가 아닌 것만은 틀림없다. 사랑둥이 손녀도 『불후의 명곡』을 이기지 못하니까. 나는 조심스럽게 '소확행'이란 말을 떠올린다. 작지만 확실한 행복, 소확행. 『불후의 명곡』은 어머니에게 소확행인 듯하다. 누구에게도 방해받고 싶지 않은.

중년인 나도 날이 갈수록 소확행을 추구한다. 내게 소확행은 혼자 조용히 즐기는 순대국밥 한 그릇에 막걸리 한 병이다. 나는 이걸 1년에 다섯 번도 못한다. 혼자만의 시간을 갖는 것부터가 어렵고, 한가로이 시간을 보낼 수 있는 순댓국집도 근처에 없다. 소확행을 충분히 누리지 못해서 나는 때로 우울하다. 소확행이 깨지거나 금이 가는 상황이 벌어지면 왈칵 짜증이 난다.

나의 경우로 미루어 짐작할 때 나이 들수록 소확행은 필요하다고, 소중하다고 생각한다. 소확행 없는 노년은 왠지 을씨년스러울 것 같다. 모래 섞인 밥알을 씹는 느낌일 것 같다.

그 시절 어머니는 『불후의 명곡』을 여생의 종착점까지 누릴 수 있는 소확행으로 삼고 싶었는지도 모르겠다. 프로그램 제목처럼, 멸하지 않는 '불후의 소확행'. 노년의 오솔길을 따라 걷다가 '불후의 소확행 추구 욕구'가 생겼을 거라 짐작한다.

별아가 열두 살에 이른 지금, 어머니는 『불후의 명곡』보다 배구에 더 애정을 갖는 것 같다. 잘된 일이다. 『불후의 명곡』은 언젠가는 막을 내릴 프로그램일 테니 말이다. 배구는 영원히 계속될 가능성이 『불후의 명곡』보다 훨씬 높다. 비록 1년 내내 하는 스포츠는 아니지만.

"어머니, 지금은 두 가지 소확행을 골고루 즐기세요. 그러면 『불후의 명곡』이 끝나도 아쉬움이 덜할 거예요. 배구가 남아 있으니까. 그리고 할 수만 있다면 더 많은 소확행을 만드세요. 제가 소확행을 팍팍 만들어드리고 싶지만 저는 능력이 부족하니, 알아서…. 하하하하하…."

3.

모범생 대물림 증후군

　　　나는 정장 입기를 싫어한다. 활동이 불편해서다. 무엇보다 구두 신기가 힘들다. 구두는 내게 발의 감옥이다. 구두에 발이 갇히면 온몸이 갑갑하다. 세 번째 싫은 이유는 양복이 안 어울려서다. 속된 말로 뽀다구가 안 난다. 조금 창피하지만 내 몸은 양복과 양극이다. 양복은 키 크고 다리가 긴 남자를 위한 옷이다.

　내 첫 번째 직장은 통신 회사, 두 번째 직장은 환경 회사였다. 정장을 싫어하니 회사 생활도 힘들었다. 세 번째 직장은 출판사였고, 이후 몇 군데 출판사를 옮겨 다니다 프리랜서의 길로 들어섰다. 출판사에서는 기획·편집자로 일했다. 큰 출판사 한 곳만 빼고, 나머지 출판사는 모두 업무 복장이 자유로웠다. 사복을 입을 수 있다는 것만으로도 정말 회사 다닐 맛이 났다.

이 정도로 정장을 기피하니, 정장을 선호하는 부모님과는 마찰을 빚을 수밖에 없는 운명이다. 더구나 형은 정장을 즐겨 입고 소화도 잘 해내는 편이라 피할 수 없는 비교 대상이다.

"넌 왜 양복을 안 입고 다니냐? 한 벌 사주랴?"

"맨날 티셔츠 바람으로 다니지 말고 와이셔츠라도 입고 다녀."

"교회 갈 때만이라도 정장 좀 입지 그러냐?"

"형처럼 점잖고 단정하게 하고 다니면 좀 좋냐?"

거짓말 한 숟가락만 보태면, 이런 말들을 한 오백 번은 들은 것 같다. 햇수로는 어림잡아도 27년? 이건 거짓말이 아니다. 군대 제대한 뒤로는 주야장천 들어왔으니까.

아버지는 말로만 끝나지 않았다. 몇 년 동안은 해마다 새 양복을 덥석덥석 사 주셨다. 당신의 양복을 물려주시기도 했다. 아버지는 이 일을 기술적으로 해치우셨다. 내가 양복을 사거나 받는 걸 병적으로 싫어하니까 옷 얘기는 일절 함구한 채 "잠깐 좀 오너라."라고만 했다. 영문을 몰라 찾아가면 어김없이 양복점에 데려가거나 옷장에서 양복을 꺼내 내밀었다. 물려주시는 옷은 입에 거품을 물며 안 받기도 했지만, 사 주시는 옷은 차마 거절할 수 없었다. 불효하는 기분이 들어서였다.

부모님이 아들인 내게 강요하는 것은 정장만이 아니다. 머리와 수염도 포함된다. 나는 앞머리는 이마를, 뒷머리는 목덜미를, 옆머리는 귀를 살짝 가릴 정도의 길이를 좋아한다. 수염은 약간 거뭇하게 자란 채로 다니는 게 편하다. 집중해서 글을 쓸 때는 열흘 정도 기르기도 한다. 그래도 숱이 원래 적은 편이어서 털보아저씨가 되지는 않는다. 어쨌든 우리 가족 남자 중에 이런 스타일은 아무도 없다. 아버지도, 형도 머리는 칼같이 단정하고, 얼굴은 매끈하다. 머리와 수염을 깎으라는 말도 나는 숱하게 들으며 살아왔다.

그렇다고 내가 내 스타일을 시도 때도 없이 고집하는 것은 아니다. 결혼식, 장례식, 엄숙한 교회 의식 때는 정장을 갖추고 머리와 수염도 정리한다. 그런데 부모님은 내가 그런 자리에 너저분한 채로 나타날까 봐 늘 가슴 졸인다. 오죽하면 아내에게 전화해 이런 말까지 할 정도다.

"별아 애비, 단정하게 하고 오라고 해라."

한번은 이모가 부모님 댁에 놀러 온 적이 있었다. 그날 나는 친구 어머니 장례식에 갔다가 잠깐 부모님 댁에 들렀었다. 구두를 벗고 집 안에 들어서자 어머니가 대뜸 말했다.

"바짓단이 너무 긴 거 아니니? 좀 줄여서 입어라."

"나름 줄인 건데?"

"요즘 누가 그렇게 길게 하고 다니냐?"

"구두 신으면 괜찮아. 길에 끌릴 정도 아니니까 걱정하지 마세요."

"그래도 좀 줄여 입는 게 낫겠다."

대화를 가만히 듣고 있던 이모가 푸하하 웃었다. 웃음을 머금은 채 날 보고 말했다.

"너희 엄만 평생 너한테 '자르라고' 한다. 바지 잘라라, 머리 잘라라."

상황을 정확히 꿰뚫는 이모의 발언에 맞장구를 치지 않을 수 없었다.

"그러게. 근데 문제는 내 키까지 잘라 버린 거지!"

아버지도, 어머니도 타고난 모범생이다. 교직에 평생 몸담았던 아버지, 독실한 신앙으로 전도사로 봉사한 어머니는 모범생의 표본이다. 두 분은 누구에게든 예의를 갖추고, 어디에서든 품위를 지킨다. 양보도 솔선수범하며, 배려도 넉넉하다. 바른 삶을 살아온, 살고 있는 분들이라, 나는 인정한다. 존경한다. 다만 한 가지는 불만이다. 바른 삶은 옷차림부터 시작한다는 가치관, 그 가치관을 자녀에게 물려주려는 마음!

형은 그 마음을 순순히 물려받았다. 물론 형도 모범생이지만 타고났다고 볼 정도는 아니다. 형은 부모님에 의해 만들어진 모범생이다. 모범생 만들기라는 관점에서 본다면 나는 영락없는 '불량학생'이다. 부모님은 나를 모범생으로 만드는 데 실패했다. 하지만 지금도 끈질기게 노력 중이다. 아마 평생 실패를 받아들이지 않은 채 성공을 위해 달려갈 게 틀림없다.

그래서 솔직히 피곤하기도 하다.

사랑하고 존경하는 어머니와 아버지는 '모범생 대물림 증후군'이 확실하다. 치료법도 확실하다. 내가 부모님 뜻을 따르면 된다. 적어도 형처럼만 하고 다니면 된다.

그런데 내가 할 수 있을까? 못 하는 혹은 안 하는 나는 불효자일까?

4.
통과의례 기피 심리

2018년은 어머니가 칠순을 맞은 해였다. 칠순 기념으로 형과 나는 부모님을 모시고 베트남 하롱 베이로 떠났다. 우리 가족 첫 해외여행이었다.

아들, 손주, 며느리가 하나로 뭉친 열 명의 가족 여행단은 베트남에서 행복한 시간을 보냈다. 더운 날씨가 복병이었지만, 온 가족의 첫 해외여행이 주는 기쁨 덕분인지 땀방울조차 재미있었다.

여행 셋째 날은 하롱 베이 투어 일정이었다. 큰 배를 타고 멋진 섬들이 체스 말처럼 서 있는 바다를 가르는 기분은 그만이었다. 그야말로 남녀노소 할 것 없이 사진 찍고, 군것질하고, 깔깔대며 뱃놀이를 즐겼다. 적당히 뿌리는 빗방울은 열기를 식혀 주어 여행의 즐거움을 더했다.

우리 가족의 웃음을 싣고 온 배는 티톱섬에 정박했다. 전망대에 오를 목적이었다. 전망대에서는 하롱 베이의 수많은 섬과 어우러진 바다가 그림처럼 펼쳐진다고 했다. 다만 그 멋진 그림을 보려면 450개의 계단을 올라야만 했다. 사람들 말로는 이삼십 분 정도 걸어야 한다는데, 등반이 크게 어렵지는 않다고 했다.

배에서 내리자마자 해가 쨍 날을 세웠다. 전망대 등반로 입구에서부터 땀이 줄줄 흘렀다.

"너희들끼리 올라갔다 와라. 난 여기서 쉬고 있을게."

아버지가 먼저 등반 포기를 선언했다. 곧바로 어머니가 뒤를 이었다.

"나도 다리가 아파서, 자신이 없네."

그 틈을 타서 별아가 할머니한테 찰싹 달라붙었다.

"나도 안 갈래. 힘들어."

마침 등반로 입구에는 코코넛 주스를 파는 매점이 있었다. 별아는 할머니를 그쪽으로 슬금슬금 잡아당겼다.

"할머니, 나 코코넛 주스 먹고 싶어요."

할머니는 냉큼 맞장구쳤다.

"그래! 할머니가 사 줄게."

눈 깜빡할 사이에 세 명이 빠져나갔다.

수인이도 빠져나갈 조짐이 보였다. 언니가 코코넛 주스를 마신

다니까 마음이 흔들린 거다. 수인이는 전망대에 가기 싫다는 말은 안 꺼냈지만 눈빛이 그렇게 말하고 있었다.

수인이가 엄마에게 넌지시 말했다.

"엄마, 나도 코코넛 주스."

나는 잽싸게 대답을 가로챘다.

"수인아, 전망대 갔다 와서 아빠가 사 줄게. 가자! 아빠가 목말 태워 줄게."

이렇게 해서 수인이가 마음을 바꾸는 일을 막을 수 있었다.

전망대로 향하면서 5분도 안 돼 후회막급이었다. 수인이를 목말 태우고 가는 게 장난 아니었다. 황소 한 마리를 이고 가는 느낌이었다. 가볍기만 했던 아이가 베트남에 와서 갑자기 무거워졌을 리도 없고, 하롱 베이의 신선이 짓궂은 도술을 부렸을 리도 없고…. 수인이와 나는 출발하자마자 꼴찌로 처졌다. 수인이와 떨어질 수 없는 아내도 덩달아 꼴찌 그룹에 끼었다.

결국 꼴찌 세 명은 전망대에 오르지 못했다. 절반쯤 올랐을 때 이미 다른 식구들이 전망대에서 장관을 감상한 뒤 하산하고 있었기 때문이다. 그들과 마주치면서 맥이 탁 풀리고 다리마저 쫙 풀려서 더는 올라갈 수 없었다.

저녁에는 대관람차를 타러 갔다. 관람차 한 칸에 몇 명씩 나누어 탔는데, 나는 형이랑 중학생인 두 조카 녀석과 함께 탔다. 우리가 탄 관람차가 높이 오를수록 하롱 베이와 그 하롱 베이를 곱게 물들이는 노을이 가까이 다가왔다. 야속하리만큼 아름다웠다.

'가족들이랑 여행 좀 많이 다닐걸, 무슨 부귀영화를 누리겠다고 그렇게 아등바등 살았을까?'

부모님이 더 젊었을 때 함께 여행을 다니지 못한 게 후회스러웠다. 그리고 붉은 노을에 티톱섬에서 힘들어하던 부모님의 모습이 아롱졌다. 연세가 있어 당연하다 생각이 들면서도 등반을 포기하던 그 모습을 못내 인정할 수 없었다. 아버지나 어머니나 본디 강골은 아니지만 티톱섬 정도 높이의 산은 가뿐하게 오르던 분들이었다. 어지간한 거리는 차를 안 타고 일부러 걸을 만큼 부지런한 분들이었다. 특히 교편을 잡았던 아버지는 20분 거리의 지하철역까지 수십 년을 걸어서 오갔을 만큼 걷기에는 그야말로 달인이었다. 이제는 이 모든 것이 다 옛날 일이 되었다는 게 서글펐다.

언뜻 하롱 베이 여행이 끝나면 더는 기쁜 일이 없을 거라는 어두운 생각이 들었다. 이듬해 이맘때에 우리 가족은 어떤 모습일까 상상했지만 백지처럼 아무것도 그려지지 않았다. 그 순간 나도 모르게 이런 말이 튀어나왔다.

"경·조사만 챙기다가 인생 끝날 것 같다는 생각을 가끔 하는데, 왠지 경사는 없고 조사만 있을 것 같네."

그러자 형이 피식 웃었다. 왠지 뜨끔했다. 형 앞에서 몹쓸 소리를 한 것 같아서. 그런데 형은 엷은 미소를 짓더니 먼 곳으로 시선을 던졌다. 형도 내 말에 동의하고 있다는 느낌이 설핏 들었다. 마음 한 켠엔 날 용서하고 있다는 생각도 슬몃 들었다. 평소 같으면 나의 어리석은 생각을 꾸짖었겠지만, 부모님을 위한 귀한 여행의 시간이기에 웃음으로 넘긴 듯했다.

내가 말한 조사는 부모님의 장례다. 크고 무거운, 인생의 통과의례. 맏이인 형은 어쩌면 나보다 더 그 통과의례의 무게를 느끼고 있을지도 모른다. 그래서 내가 뱉은 부정적이고 염세적이고 거지 같은 말을 금방 눈치챘을 거다.

바보 같지만, 나이 들수록 점점 더 통과의례가 싫어진다. 결혼, 입학, 출산 같은 기쁜 일들을 맞아도 그 기쁨이 이내 식는다. 정말 바보 같지만, 그것들이 모두 죽음이라는 마지막 통과의례로 가는 과정이라는 생각이 들기에….

남은 통과의례를 의연히 통과하기는, 이번 생에 틀린 것 같다. '통과의례 기피 심리'가 갈수록 깊어만 가는 나를 어째야 할지 모르겠다. 아직 나는 어른이 아닌 걸까?

도화선의 법칙

　　해마다 김장을 한다. 김장을 주도하는 주인공은 어머니다. 지난해 나는 집집마다(부모님네, 형네, 우리) 푼푼이 돈을 모아서, 이른바 '김장 적금'을 만들어서 김치를 사 먹자는 의견을 냈다. 그러나 어머니가 반대했다.

　"내가 아직 할 수 있어."

　어머니의 말투와 눈빛이 왠지 애틋했다. 건강이 허락하는 한 가족에게 맛있는 김치를 먹이고 싶다는 어머니의 마음이 엿보였다. 나는 더 강하게 밀어붙이지 못하고 뜻을 굽혀야 했다.

　김장하는 날엔 아들, 손주, 며느리가 총동원된다. 칠순 노모가 혼자 김장을 하게 둘 수는 없으니까. 아버지까지 나서서 무라도 씻으며 일손을 돕는다. 늙은 아내가 고생하는 모습을 차마 볼 수 없어서가 아닐까 싶다. 내 짐작이 맞다면 아버지는 '사랑꾼 표창장'을 받아야 한다.

사실 김장에 발 벗고 참여한다고 해도 남자들의 역할은 미미하다. 강판에 무를 갈거나 절인 배추를 물에 씻는 일 정도? 사실상 어머니와 며느리들을 살짝 거들뿐이다. 아무튼 나를 포함한 남자들은 우리가 김장에 무관심하지 않다는 것에 의미를 둔다.

나는 보통 강판에 무 가는 일을 담당한다. 지난해 처음으로 김칫소 바르기에 도전했다. 참가자는 어머니, 나, 형수, 아내. 네 사람은 큰 스텐 대야 두 개를 중심으로 둘러앉아 힘을 모았다.

나는 처음 하는 일이라 더 정성을 기울였다. 잡념을 지우고, 딴청도 안 부리고 배춧잎 사이사이에 김칫소를 발랐다. 그런데 어머니에게서 뜻밖의 공격이 날아왔다.

"더 듬뿍듬뿍 발라야겠다."

딴엔 열심히 한다고 했는데, 어머니 성에는 안 찬 모양이다. 왠지 억울한 생각이 들어서일까? 불쑥 장난기가 발동했다.

"괜찮아요. 내가 바른 건 내가 먹을게."

그러자 갑자기 어머니가 돌변했다.

"도대체 넌 엄마가 말하면 그냥 '예' 하지를 않냐? 언제까지 그럴래?"

분위기가 싸해졌다. 진짜로, 조금, 억울했다. 물론 어머니 말은 약 육십 퍼센트는 맞다. 어릴 때부터 나는 고분고분한 편은 아니었으니까. 대체로 부모님 말에 토 달고 내 주장을 펼치는 데 주저하지 않았으니까. 그렇다고 오순도순 김치 담그는 상황에서 나의 '반항'을 꾸짖을 것까지야!

나는 더 이상 토 달지 않았다. 묵묵히 김칫소를 처발랐다. 말 그대로 처발랐다. 듬뿍듬뿍.

얼마 전, 그때 김장하던 시간을 회상하며 '도화선의 법칙'이란 말을 생각해냈다. 한마디 말, 한 가지 행동이 오래 묵은 분노를 폭발시키는 현상! 그 법칙에 따라, 김장할 때 던진 나의 농담은 쌓였던 어머니의 화에 불을 붙였다.

'말 안 듣는 아들'은 나의 트레이드마크다. 어머니 말이라면 끔뻑 죽는 형과 달리 나는 파릇하게 살아 오른다. 물론 번번이 그러는 건 아니다. 나도 어머니 말에 군말 없이 따를 때가 분명 있다. 그 횟수가 어머니 눈높이에 못 미칠 따름이다. 어머니는 열 번 말하면 열 번 다 순종하길 바란다. 내가 어머니 말을 거스르는 건 네 번 정도다. 느낌상 그쯤 된다는 뜻이다.

어머니의 느낌과 내 느낌은 하늘과 땅 차이인 것 같다. 어머니는 내가 '여섯 번'은 순순히 따른다는 걸 전혀 모르는 눈치다. 여자한테는 열 번 잘해도 한 번 못하면 그 열 번이 다 물거품이 된다는 우스갯소리가 있다. 혹시 어머니도 그런 걸까?

솔직히 그날 약간 놀라기는 했다. 그저 웃자고 한 말인데, 어머니가 화르르 타오를 줄은 정말 몰랐다. 늦은 밤 혼자 조용히 명상하다가 어머니 심정을 어렴풋이 헤아릴 수 있었다. 그 무렵 어머니는 이사 문제로 속이 적잖이 상해 있었다. 내가 일으킨 작은 불씨로 쉽게 터질 수 있는 상태였다.

아들 가족이 좋은 환경에서 살기를 바란 어머니는 돈을 얼마간 보태 줄 테니 이사를 하라고 권했었다. 나는 그 제안을 단칼에 거절했다.

"내가 알아서 할게요."

매몰찬 나의 반응에 일그러지던 어머니의 표정이 여전히 생생하다. 내가 단호하게 나간 까닭은 물렁하게 굴면 어머니가 강하게 밀어붙일 게 뻔했기 때문이다. 나는 부모님에게 도움받을 면목도 없었고, 여러모로 이사를 단행할 처지도 아니었다. 엄두가 안 나는 일로 오래 실랑이가 벌이기 싫었다.

올해도 어머니는 어김없이 김장을 할 게 틀림없다. 이번 김장 때 나는 각별히 조심할 계획이다. 쥐 죽은 듯 조용히 일손을 거들 예정이다. 김장 적금 이야기도 안 꺼낼 거다.

그런데 한 가지 고민이 있다. 김칫소 바르기를 또 할 것인가 말 것인가. 시키면 하고, 안 시키면 하지 말까?

6.

나의 가치 보존 욕구

몇 년 전 일이다. 어느 날, 형이 가족 단톡방에 상무로 승진했다는 소식을 전했다. 가족들은 저마다 축하의 말을 남겼다. 오랜만에 단톡방이 웃음과 행복으로 채워졌다. 나도 진심으로 기쁜 마음을 몇 자 적었다. 내 일처럼 기분이 좋았다.

핸드폰이 고장 나는 바람에 그때 어떤 축하의 말이 오고 갔는지 정확하게 기억나지는 않는다. 다만 아버지의 이 한마디는 머릿속에, 가슴속에 똑똑히 남아 있다.

– 겸손하거라.

아버지는 축하 메시지를 먼저 남긴 뒤 이 말을 바로 덧붙였다.

정말 아버지다운 말씀이다.

아버지는 겸손이 몸에 밴 분이다. 학교나 교회에서 여러 책임 있는 직책을 맡았지만, 함부로 그 권한을 휘두르지 않았다. 다른 사람의, 아랫사람의 의견을 존중했고, 당신의 주장만 내세우지 않았다. 형과 내가 성장기를 거칠 때는 겸손의 가치를 가르쳤다. 어떤 자리에 올랐을 때 겸손하면 섬김은 따라온다고 했다. 평소에 겸손하면 적이 생기지 않는다고 했다.

어느덧 내 나이도 쉰이 코앞이다. 오래 산 건 아니지만 짧게 살지도 않은 것 같다. 지난 세월을 되돌아보면 아버지 말씀이 맞았다. 겸손은 아름답다. 때에 따라 겸손을 뒤로하고 적극적으로 자신을 내세워야 할 필요도 있긴 하지만, 이 경우에도 겸손은 꼭 지녀야 한다. 겸손은 본질적으로 존중이니까. 자신을 내세울 때도 남은 존중해야 하는 거니까.

- … 기도하마.

이건 어머니의 축하 메시지다. '기도하마' 앞부분은 토씨 하나 안 틀리고 정확히 옮기기 어려워서 말줄임표로 처리했다. 상무라는 직책을 잘 감당할 수 있도록 기도하겠다는 내용으로 기억한다.

어머니가 기도하는 모습을 곁에서 지켜본 건 아니지만, 안 봐도 비디오다. 어떤 기도를 했을지 불 보듯 뻔하다. 형이 아랫사람 넉넉히 품고 윗사람 든든히 보좌하는 상무가 되게 해 달라고, 성실하고 정직하게 일하고 모든 면에서 모범적인 상무가 되게 해 달라고 기도했을 거다. 굳이 어머니에게 확인할 필요는 없다. 어머니는 바른 신앙인의 자세를 최고의 가치로 여기는 분이다. 두 아들이 어릴 적부터 신앙인으로서 세상의 빛과 소금이 되도록 가르쳤다. 그렇게 기도했다. 상무의 직책을 맡은 형을 위한 기도도 결국은 신앙인의 자세를 잃지 말라는, 더욱 굳건히 하라는 기도다.

어머니와 아버지는 변하지 않을 거다. 생이 다하는 순간까지, 기독교식으로 표현하면 하나님 부르실 그날까지 당신들의 가치를 지니고 살 게 틀림없다. 내가 아는 부모님은 그러고도 남는다.

누구에게나 죽을 때까지 간직하고픈 자신만의 가치가 있지 않을까 싶다. 그 가치를 지키려는 마음을 '나의 가치 보존 욕구'라 표현해도 될지 모르겠다. 노년에 접어들면 이 욕구를 내려놓기가 쉽지 않을 거라, 조심스레 짐작해 본다. '나의 가치 보존 욕구'는 지금껏 걸어온 삶을, 많은 이들이 부정하더라도, 자기 자신만큼은 인정해 주고 싶은 욕구일 테니까. 이 욕구마저 없다면 노년을 버티기가 만만치 않을 듯하다.

내 생각에 어머니와 아버지는 '나의 가치 보존 욕구'가 남들보다 조금 센 것 같다. 그 센 기운 때문에 솔직히 살면서 피곤한 적도 있기는 했다. 그러나 돌이켜 보면 그 피곤함은 나를 일깨운 힘이었다. 내가 비뚤어지지 않게 붙잡아 준 버팀목이었다.

7.

너는 내 아들 중후군

별아가 2학년 때였다. 부모님 댁에 갔던 어느 날 어머니와 이런 대화를 나누게 되었다.

"별아, 공부 더 시켜야 하지 않니? 너무 놀기만 하는 것 같다."

"때가 되면 다 시킬 거야. 지금은 실컷 놀아야지."

"그러나 너무 뒤처지는 거 아니냐?"

"으이그, 우리가 알아서 해. 공부는 부모한테 맡겨!"

나는 손녀 공부는 부모인 나한테 맡기라는 말로 못을 박았다. 어머니가 다소 섭섭하다는 투로 나직이 말했다.

"얘는! 할머니가 그런 말도 못 하나?"

나는 한 번 더 탕, 못질을 했다.

"할머니 할아버지는 그냥 오냐오냐하면서 놀아 주면 돼. 왜 애한테 스트레스를 줘?"

그때 묵묵히 텔레비전만 보고 있던 아버지가 불쑥 끼어들었다.

"걱정하지 마라. 더는 공부시키라고 안 할 테니까."

아버지는 웃으면서 말했지만, 그 웃음 속엔 회초리가 있었다. '아들아, 너의 언행은 손녀를 향한 할머니 할아버지의 사랑을 깎아내리는 짓이다.' 하며 후려치는 웃음 같았다. 마음이 불편해진 나는 '볼일'도 없으면서 괜히 화장실로 향했다.

아버지에게 웃음 회초리를 맞고 두세 달쯤 뒤였던 것 같다. 별아가 할머니 집에서 울음을 터뜨리는 일이 일어났다. 이따 친구와 놀이터에서 놀아도 되냐는 물음에 내가 안 된다고 했기 때문이다.

"어제도 많이 놀았잖아. 오늘은 좀 쉬자. 너무 무리하면 병날 수도 있어."

나는 부드럽게 말했지만 별아에게는 아빠의 말투 따위는 중요하지 않았다. 허락을 못 받았다는 것만이 중요했다. 별아는 시무룩해져서 고개를 끄덕이더니 금방 구슬 같은 눈물을 뚝뚝 흘렸다.

그때 할머니가 쓱 끼어들었다.

"별아야, 뭘 그런 거로 우니? 어제도 실컷 놀았다면서."

어머니는 여기서 딱 멈췄어야 했다. 그런데 필요 이상으로 진도를 나갔다.

"툭하면 울고 그러면 친구들이 싫어한다."

내 가슴이 철렁했다. 안 그래도 요즘 별아에게 최고로 스트레스를 주는 문제를 어머니는 끄집어낸 거다. 한마디로 역린을 건드린 거다.

본디 별아는 울음보에 눈물이 가득한 아이였다. 조그만 생채기에도 울음보에서 눈물을 쏟아내곤 했다. 떼를 쓰며 울지는 않고 흑흑 서럽게 울었다. 때와 장소와 사람을 가리지 않고 울고 싶으면 울었다.

친구들과 함께 있을 때도 그랬다. 잘 놀다가도 마음을 다치면 흐느껴 울었다. 문제는 친구들도 같은 어린아이라는 점이었다. 마냥 즐겁게 뛰어놀고만 싶은. 처음 몇 번, 친구들은 별아가 울 때 달래 주고 위로해 주었다. 하지만 울음이 자꾸 되풀이되자 친구들도 달라지기 시작했다. 별아가 울어서 놀이 분위기가 깨지는 것에 지치고 만 거다. 나는 친구들 마음을 십분 이해할 수 있었다. 걸핏하면 우는 친구와 함께 놀아 주는 게 고마울 따름이었다.

'괜히 말했네.'

나는 어머니에게 별아의 친구 관계 이야기를 꺼냈던 스스로를 질책했다. 언젠가 자주 우는 것을 고쳐야 한다고 충고하는 어머니에게 안 그래도 친구들이 불편해하고 있다는 사실을 말했었다.

더 걱정스러운 점은 별아도 친구들의 달라지는 마음을 느끼고 있다는 거다. 그래서 별아도 눈물을 참으려고 나름 애쓰는데, 마음대로 잘 안 된다는 거다.

'친구들이 싫어한다'는 할머니의 말에 별아가 더 상처를 받지 않을까 조마조마했다. 다행히 별아는 별다른 반응을 보이지 않았다. 여느 때처럼 조용히 흐느껴 울기만 했다. 아마도 할머니의 말이 귀에 들어오지 않은 모양이었다. 나는 별아의 눈치를 살피며 남몰래 가슴을 쓸어내렸다. 정말 다행스럽게도 할머니 역시 더 이상 말을 잇지 않았다.

며칠 뒤 나는 어머니에게 별아의 울음에 대해 넌지시 이야기를 건넸다.

"별아가 울 때 아무 말씀 안 하시면 안 될까? 안 그래도 별아, 자기가 잘 우는 것 때문에 스트레스 많이 받거든."

"문제가 있는 행동은 얼른 고쳐야지."

"물론 고쳐야지. 근데 지금은 충분히 울게 두는 게 좋을 것 같아. 스스로 고치려고 애쓰는 중인데…"

순간 어머니의 목소리가 소프라노 톤으로 변했다.

"넌 맨날 네 생각만 다 맞는 줄 아냐? 엄마 말대로 좀 해 봐라!"

"아니, 내가 별아 부모잖아. 부모로서 아이한테 맞는 방식대로 하겠다는데, 왜 그런 말씀을 하셔?"

"그런 넌 왜 부모 말은 안 듣는데?"

나는 입을 꼭 닫아버렸다. 대화를 이어가 봐야 물과 기름처럼 미끄러질 게 뻔했다. 살면서 그런 경험을 수백 번도 더했다.

자식은 아무리 나이 들어도 부모 눈에는 어린아이로 보인다고들 한다. 나는 이 말을 뼈저리게 실감한다. 어머니 아버지는 언제나 나를 아이처럼 가르치고 타이른다. 물론 나를 사랑하고 걱정하는 마음 때문이라는 건 너무나 잘 안다. 어머니 아버지의 지혜가 나를 바른길로 이끌어온 것도 백번 인정한다.

하지만 가끔은 나도 내가 옳다고 믿는 바대로 나아가고 싶은 때가 있다(부모님은 '가끔'이 아니라 '언제나'라고 생각하지만). 자녀 양육에 관해서는 특히 그렇다. 그런데, 그런데 말이다. 어머니 아버지는 당신들의 양육 방식을 끊임없이 나에게 주입한다. 그런 부모님에게서는 '너는 내 아들이니까 말 들어라. 다 널 사랑해서야. 너 잘되라고 그러는 거야.'라는 마음이 생방송처럼 보인다.

어머니 아버지 덕분에 '너는 내 아들 증후군'이란 표현을 생각해 냈다. 우리 부모님을 비롯해 세상 모든 부모에게 이 증후군이 조금씩은 있지 않을까? 정도의 차이만 있을 뿐.

물론 나도 예외는 아닐 거다. 그리고 지금 이렇게 부모님 흉을 보고 있지만, 나도 늙어서 할아버지가 되었을 때 부모님처럼 되지 않을까 은근히 걱정이다. 아, 혹시 더 심해지면 어쩌지?

8.

불효자의 고개

우리 동네엔 높은 언덕이 많다. 어디 가려면 고갯길을 넘거나 언덕바지를 오르락내리락해야 한다. 동네는 한적하고 공원과 놀이터도 많아 살기 좋은데, '높이'가 문제다. 어린아이, 어르신, 몸이 불편한 이들에게 그 높이를 안고 사는 건 참 만만치가 않다. 무더운 날이나 추운 날엔 몇 배 더 벅차다. 무더운 날 언덕의 햇볕은 땡볕으로 내리쬐고, 추운 날 언덕의 바람은 된바람으로 분다.

부모님 댁도 언덕에 있었다. 4년 전까지는. 그 언덕은 본디 작은 동산이었고, 나는 그곳에서 어린 시절을 보냈다. 친구들과 소나무에 오르고, 아카시아를 따 먹고, 나뭇가지로 칼싸움을 벌였다. 조금 컸을 때는 산꼭대기에 서서 달구경에 빠지기도 했다.

동네 아이들의 즐거운 놀이터였던 동산이 어느 날 깎여 나갔다. 깎여 나가 반반해진 자리에 5층 아파트가 들어섰다. 아파트가 서고 9년쯤 지났을 무렵 우리 가족도 그 아파트의 주민이 되었다. 내가 중학교 3학년 때였다. 이후 나는 대학 진학, 군 입대, 취업 등으로 둥지를 이곳저곳 옮겨 다녔다. 부모님은 재건축으로 인해 언덕 아래로 잠시 이사했다가 새로 지은 아파트로 다시 들어갔다. 재건축 기간 몇 년을 빼면 언덕에 줄곧 머무른 셈이다.

서울 다른 동네로, 전라도로, 강원도로 떠돌던 나는 결혼하면서 다시 우리 동네로 돌아왔다. 신혼집을 동네 가장 낮은 지대에 마련하면서 부모님을 '우러러보게' 되었다. 언덕 기슭의 우리 집에서 언덕바지의 부모님 댁까지는 걸어서 15분쯤, 마을버스로는 12분쯤 걸렸다. 마을버스가 빙 돌아서 가기에 걷는 것과 별 차이가 없었다. 어쩌다 마을버스가 늦게 오면 오히려 시간이 더 걸리기도 했다.

여하튼 조금만 부지런을 떨면 부모님을 자주 찾아뵐 수 있는 거리였다. 비탈길이 힘들긴 해도 찾아뵈어야겠다는 의지를 꺾을 정도는 아니었다. 하지만 나는 게을렀기에 부모님 댁에 이따금 갔다. 육아를 하면서는 홀몸일 때보다 횟수를 더 줄였다. 그래도 가게 되면 부모님 자동차를 정비하든, 누수를 점검하든, 음식쓰레기를 내가든 뭔가 착한 일을 했다(물론 맨날은 아니고). 아주 가끔은 그냥 안부를 확인하러 들르기도 했었다.

그런데 4년 전 부모님이 고개 넘어 지하철역 근처 평지로 이사 간 뒤에는 방문이 더 뜸해졌다. '아주 가끔' 그냥 안부를 확인하러 들르는 일은 아예 없어졌다. 원인은 고개였다. 정말 우습게도 그 고개 하나 넘는 게 이상하리만치 힘들었다. 그래 봐야 걸어서나 마을버스로나 10분쯤 더 가게 된 건데, 그 거리가 참 멀게 느껴졌다.

어쩌면, 내가 스스로 더 멀리 떨어뜨린 건지도 모르겠다. 먹고살기 바쁘다는, 외출하고 오면 일에 집중하기 힘들다는, 나도 몸이 예전 같지 않다는 핑계들로 발길을 줄인 것은 아닌지…. 그 핑계들은 퍽 오래전부터 써먹던 거다. 케케묵은 핑계를 대는 내 자신이 떳떳하지 못하니까 '부모님 댁이 멀어져서 못 가겠네.' 하고 주저앉아 버린 것은 아닌지….

"넌 어쩜 찾아오지도 않냐? 전화도 없고."

언젠가 어머니가 이렇게 타박을 했었다. 찾아가지 않은 건 둘러댈 수 있어도, 전화를 안 한 건 입이 열한 개라도 할 말이 없다. 그건 '빼박 증거'다. 내가 스스로 부모님을 멀리했다는.

할 말이 없는 나는 이런 군색한 변명이나 내놓았다.

"카톡으로 했으면 됐지."

부모님이 평지로 이사 간 까닭은 이제 언덕을 오르내리기가 힘겨워져서다. 나는 그 이유를 뻔히 알면서도 찾아뵈지 않았다. 지하철역 부근으로 옮긴 것 역시 기력이 쇠해졌기 때문이다. 자녀로서는 더 효도를 해야 할 시점이 온 거다. 나는 그 사실을 잘 알면서도 슬며시 외면했다. 나도 힘들다는, 억지 핑계로.

어릴 적 정겨운 추억의 고개는 중년인 내게 '불효자의 고개'가 되었다. 나는 잘 자라지 못했다. 그런 일은 일어나지 않겠지만, 아파트가 사라지고 그 옛날 그 동산이 되살아난다면, 다시 그 동산에 오른다면 한없이 부끄러울 것 같다.

누구나 마음속에 자신만의 불효자의 고개가 있을까? 나만 그런 걸까? 솔직히 다른 사람도 있었으면 좋겠다. 그래야 내 마음이 조금 편할 테니까.

9.

노인성 분리불안

　　어머니 집을 나서려고 주섬주섬 짐을 챙기던 중이었다. 어머니가 작별인사차 별아를 살며시 안으며 한마디 건넸다.

　"별아야, 방학인데 할머니한테 전화도 좀 하고 그래."

　어머니는 환하게 웃었고, 별아는 희미하게 웃었다. 어머니는 나름 부담을 안 주려고 웃었던 거고, 별아는 머쓱해서 웃은 거다.

　나는 곁에서 남몰래 웃음을 흘렸다. 어머니가 별아에게 건넨 그 말, 언젠가 누군가에게 똑같이 했던 말이기 때문이다. 그 누군가란 바로 내 쌍둥이 조카들이다. 형의 두 아들, 할머니에게 손주 보는 기쁨과 행복을 안겨준 사랑둥이들, 어느덧 고3으로 쑥 자라나 범접하기 힘든 녀석들.

어머니는, 그러니까 내 쌍둥이 조카들의 할머니는 녀석들이 어릴 때 말 그대로 물고 빨았다. 녀석들도 '남자답지 않게' 사근사근하고 싹싹하고 잘 안겨서 사랑을 배로 받았다. 삼촌인 나한테도 멀리서부터 "삼촌!" 하고 달려와 덥석덥석 안겼다. 하지만 세월은 야속한 법! 아기 새처럼 품을 파고들던 그 아이들도 크면서 점점 멀어져갔다.

중학생, 고등학생이 되면서 할머니에게 곧잘 하던 안부 전화도 추억 속에 묻어 버렸다. 온 가족이 모인 어느 날 할머니는 쌍둥이들에게 말했다.

"애들아, 할머니한테 전화 좀 하고 그래."

그때 할머니는 밝게 웃었고, 쌍둥이들은 멋쩍게 웃었다.

한 3년 전쯤인가? 뜸하게 찾아오는 내게 어머니는 푸념하듯 말했다.

"나이 먹으니까 애들이 자꾸 보고 싶어진다. 별아도 보고 싶고, 수인이도 보고 싶고…. 잘 때도 아른거려."

그때 나는 그냥 빙그레 웃기만 했다. '애들 데리고 더 자주 올게요.'라고 말할 수도 있었지만 눌러 삼켰다. 핑계 같지만, 어머니의 마음은 이해하지만, 지키지 못할 약속은 하고 싶지 않았다. 그랬다간 괜히 어머니에게 미안함만 더 커질 것 같아서 조그마한 웃음으로 넘겼다.

3년 전과 지금을 비교하면 달라진 점이 하나 있다. 별아도 핸드폰 동아리에 끼었다는 거다. '핸드폰 동아리'란 고3 쌍둥이들과 별아를 가리킨다. 쌍둥이들은 이미 오래전부터 할머니 집에 오면 이 방 저 방 처박혀 핸드폰만 하던 베테랑들이고, 별아는 최근에 합류한 새내기다. 별아는 4학년이던 지난해에 처음 핸드폰을 갖게 되었다.

할머니 집에 오면 핸드폰만 하지 말고 할머니랑 이야기도 좀 나누라고 별아에게 가르친다. 하지만 별아도 머리가 굵어진 터라 아무리 부모라도 시시콜콜 행동을 강제하기는 어렵다. 더구나 종종 오빠들과 핸드폰으로 같이 게임을 하면서 즐거운 시간을 보내니 더 통제하기가 뭣하다. 어머니도 나와 비슷한 심정인지 '아주 가끔' 손주들한테 섭섭함을 내비치기는 하지만 핸드폰 동아리의 활동을 간섭하지 않는다. 한 가지! 어머니가 '아주 가끔', 특히 별아에게 섭섭함을 표할 때 나는 가슴이 찔린다. 별아의 핸드폰은 바로 어머니가 준 생일 선물이기 때문이다. 내심 어머니는 핸드폰을 사 주면서 별아가 더 자주 전화하기를 바랐는지도 모른다.

할머니에게 전화 좀 자주 하라는 당부를 받은 그날도 별아는 줄곧 핸드폰만 했다. 여름방학이라 학기 때보다는 시간적 여유가 있을 텐데 연락이 없었으니, 어머니는 자못 서운했던 모양이다.

어머니 마음이 십분 이해 간다. 그 마음을, 어머니나 어머니와 같은 어르신은 불쾌할지 모르겠지만, '노인성 분리불안'이라 표현하고 싶다. 나이 들수록, 늙어갈수록 가족과 분리될까 봐 염려되는 게 노인의 마음이 아닐까 싶다. 더구나 노년에는 아무래도 죽음을 무시하고 살기가 더 어려우니 분리불안이 늘 자리하고 있을 듯싶다. 나의 오판일지 모르겠지만. 그 마음을 지울 수 없다. 그래서 가슴이 묵지근하다.

우스갯소리지만, 요즘 어머니가 별아에게 용돈 주는 횟수가 늘어났다. 그만큼 별아가 자라서 씀씀이가 커진 까닭이다. 나는 별아의 성장을 인정하는 어머니의 사랑에 장난삼아 삐딱한 시선을 던진다. 그 용돈은 무언의 '뇌물'일지 모른다. 할머니한테 자주 오고, 자주 전화하라는 바람을 담은.

10.

자리 피하기 사랑법

사촌 여동생 결혼식 날, 결혼식 하객의 의무를 다하고 피로연장에 갔다. 형과 형수, 부모님이 한 식탁에, 우리 네 식구가 또 한 식탁에 앉았다. 몇 걸음 떨어진 곳이었지만 부모님 식탁에서 어떤 대화가 오고 가는지 귀에 들려오지 않았다. 뷔페식이라 저마다 자리를 들고 나기 바빴고, 나는 수인이를 챙기는 데 신경을 기울이고 있던 터였다.

한창 밥을 먹고 있는데, 아버지가 다가왔다.

"내가 먼저 가련다. 천천히 먹고 와라."

나는 아버지가 다른 볼일이 있는 줄 알고 별생각 없이 대답했다.

"네, 조심해서 가세요."

별아도, 수인이도 한목소리로 밝게 인사했다.

"안녕히 가세요, 할아버지!"

아버지는 미소 띤 얼굴로 손녀들에게 손인사를 건넨 뒤 자리를 떴다.

배가 불러 더는 못 먹겠다 싶을 때쯤 어머니에게 아버지가 먼저 간 이유를 듣게 되었다.

"형 차에 앉을 자리가 없어서 먼저 가신 거라구?"

토요일이지만 회사에 출근했던 형은 결혼식장에 차를 가지고 왔다. 회사 일을 마치고 혼자 결혼식 중간에 온 거다. 나머지 식구들은 모두 지하철을 타고 왔다.

형과 부모님은 식사 중에 집에 가는 방법에 대해 의논했다고 한다. 형네 집은 부모님 집과 차로 1시간 거리, 우리 집은 부모님 집과 마을버스로 20분 거리. 그래서 형은 부모님 집에 우리 모두를 데려다준 뒤 본인 집으로 돌아갈 계획을 세웠다. 문제는 형의 차가 5인승이라는 점이었다. 결혼식장에 모인 가족은 모두 여덟 명, 그중 아내는 결혼식장에서 치킨집으로 바로 출근할 예정이었다. 아내가 빠지면 일곱 명이 남게 되는데, 아이들 몸집이 작다 해도 5인승 차에 다 끼어 타는 건 위험했다. 그래서 아버지는 다른 가족을 위해 스스로 빠지기로 작정했다.

"그런 줄 알았으면 말씀하시지. 내가 지하철 타고 가면 되는데…."

"아버지가 넌 애기들 봐야 한다고 해서."

아내와 나는 결혼식 접수를 맡았기 때문에 결혼식장에 일찍 왔다. 그 바람에 별아와 수인이는 할아버지 할머니 손을 잡고 결혼식장에 와야만 했다. 아버지는 손녀들이 집에 돌아갈 때마저 엄마 아빠 없이 가는 게 안쓰러웠던 모양이다. 그래서 내가 지하철을 타고 가는 일이 생기지 않도록 나 몰래 손을 쓴 게 아닐까 싶다. 혹시 형과 어머니에게 '내가 사라질 때까지 지하철 타고 가는 이유를 둘째 아들에게 말하지 말라.' 하고 특명을 내린 건 아닐까?

아무튼 아버지의 희생 덕분에 나는 두 딸과 함께 편하게 집에 올 수 있었다. 일차로 부모님 집에 도착해서 먼저 와 있던 아버지의 환한 얼굴을 마주했을 때 얼마나 송구하고 감사했던지….

어른의 위치, 높은 자리에 있는 사람에겐 '자리 피하기 사랑법'이 있는 듯하다. '자리 피하기 사랑법'이란 어린 사람들, 아랫사람들에게 자리를 내주는 방식으로 사랑을 표현하려는 심리라고, 나는 정의한다. 장모님만 봐도 그렇다. 내가 처가에 가면 거실에서 편하게 텔레비전을 보라는 듯 안방으로 들어간다. 한숨 푹 자라며 일부러 손녀들을 데리고 쇼핑을 가기도 한다.

똑 떨어지는 예시는 아니지만, 부장님이 회식 때 일찍 자리를 뜨고 2차는 부하직원들만의 자리로 만들어 주는 상황에 빗댈 수 있을 것 같다. 물론 이 경우는 부하직원들의 암묵적인 요구(혹은 강요)에 떠밀리듯 피하는 면도 있기는 하지만. 그래도 마음속 뿌리에 부하직원을 아끼는 마음이 없다면 이런 배려는 나오기 힘들지 않을까?

그런데 '자리 피하기 사랑법'을 떠올리면서 나는 뜨끔했다.

'혹시 나도 부모님에게 자리 내주기를 무언으로, 말로, 행동으로 요구한 적은 없었을까?'

왠지 있을 것만 같았다. 아니, 틀림없이 있을 터였다. 내가 몰라서, 의식하지 못해서 그렇지.

아니, 꽤 많은 것 같았다. 부모님이 스스로 자리를 피하게끔 만든 일들이! 부모님과 함께하는 시간을 줄인 일, 함께 있을 때 무뚝뚝했던 일, 도움 주려고 할 때 알아서 한다며 거절한 일…

부모님은 이런 아들의 마음을 알고 피하는 방식으로 사랑을 주었는지도 모른다. 어리석은 나는 그 사랑을 받으면서도 눈치채지 못했고.

생각이 여기에 미치자 뜨끔했던 가슴이 철렁했다. 장모님 얼굴이 떠올라서.

'보나 마나 나는 장모님한테도 똑같이 굴었을 거야.'

부끄러웠다. 나는 부끄러워서 생각을 딱 멈췄다.

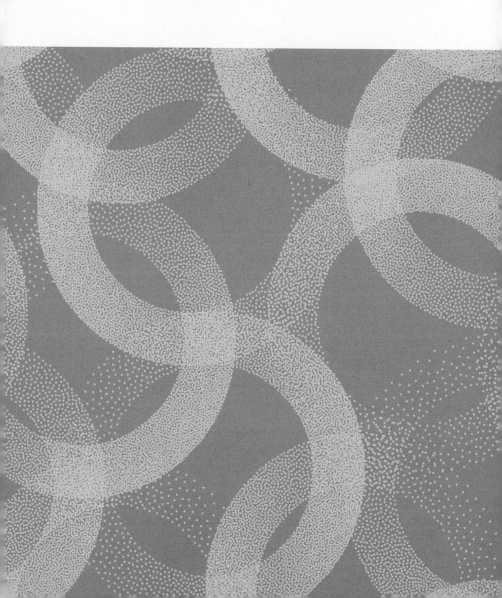

4부
마주치고 싶지 않은
동네 아저씨의 엉터리 심리학

1.

아저씨 포비아

아파트 엘리베이터를 거의 안 탄다. 딸들과 함께 있을 때도 운동을 하자면서 걸어서 오르내린다. 딸들은 아이답게 툴툴대지만, 4층이라서 크게 불평은 안 한다. 나 혼자서는 무거운 짐을 들었을 때 빼고는 계단을 뛰어다닌다. 사십 대 초반까지는 거뜬했는데, 지금은 '그럭저럭' 할 만하다. 아무튼 조만간 뛰는 건 힘들어질 전망이다.

엘리베이터에 관한 서글픈 추억이 하나 있다. 2년쯤 전인 것으로 기억한다. 그날은 무척 더웠고, 나는 땀을 비처럼 흘린 상태였다. 여느 때처럼 계단을 달려 오르려는데, 마침 엘리베이터가 1층에서 있었다. 많이 지쳐 있던 터라 그냥 엘리베이터에 몸을 실었다. 4층 버튼을 누른 뒤 엘리베이터 구석으로 갔다. 에너지 절약을 한

답시고 '닫힘' 버튼은 안 누른 거다.

몇 초쯤 멍하니 있자 엘리베이터 문이 스르륵 닫혔다. 그런데 닫히자마자 다시 열렸고, 여섯 살배기로 보이는 여자아이의 모습이 드러났다. 아이는 천진난만하게 엘리베이터 안으로 깡총 뛰어들었다. 내가 타 있는 줄 모르는 눈치였다. 아이는 들어오자마자 닫힘 버튼과 10층 버튼을 꾹꾹 눌렀다. 순간 '엄마는 없나? 혼자 다니기엔 아직 어린데?' 하는 생각이 들었다. 그때 아이가 나를 향해 돌아섰고, 우리는 눈이 딱 마주쳤다.

"으어어…!"

갑자기 아이가 비명을 지르며 뒷걸음질 쳤다. 겁에 질린 눈에서는 눈물이 터지기 일보 직전! '낯선 아저씨랑 같이 있는 게 무서운 거구나!' 본능적으로 이 생각이 든 나는 또 본능적으로 아이를 가라앉혀야 한다는 의무에 사로잡혔다. 얼른 내릴까 했지만 엘리베이터는 이미 올라가고 있었다.

"으응, 괜찮아."

엉겁결에 괜찮다는 말을 뱉으며 애써 밝은 미소를 지었다. 다행히 아이의 얼굴에서 두려움이 조금 지워졌다. 나는 일부러 엘리베이터 천장에 눈길을 던지며 '아저씨 너 안 볼게.' 하고 신호를 주었다. 아이에게서 별다른 기척은 느껴지지 않았고, 엘리베이터는 곧 4층에 도착했다. 평소보다 도착하는 데 걸린 시간이 몇 배 더 길게 느껴졌다.

문이 열리자마자 잽싸게, 하지만 태연하고 자연스럽게 내렸다. 문이 닫히는 데 괜히 뒤통수가 따가웠다. 픽, 엷은 웃음이 입술 새로 비어져 나왔다. 엘리베이터에서 만난 여자아이는 '아저씨 포비아(phobia, 공포증)'를 앓고 있는 게 틀림없었다. 내가 아저씨라는 사실이, 어린아이에게 공포감을 주는 아저씨라는 현실이 서글펐다. 아저씨를 무서워하는 꼬마 아이를 혼자 다니게 두는 그 부모가 조금 원망스럽기도 했다.

그렇지만 누굴 탓하겠는가. 다 나와 같은 '아저씨' 탓인데.

세상엔 착하고 듬직한 아저씨도 많지만, 나쁘고 못 믿을 아저씨가 적다고 보기도 어렵겠지 싶다. 낯부끄럽지만, 범죄 뉴스에서 우리는 무서운 아저씨를 종종 마주한다. 강력범죄를 비롯해 어린이를 대상으로 유괴, 납치, 성범죄 등을 저지르는. 그러니 아저씨를 향한 시선이 곱지만은 않은 게 당연하다. 누군가의 행동은 '대표성'을 띠기 마련 아닌가? 가슴 아픈 예이지만, 몰카를 당한 여성에게는 거리에서 마주치는 모든 남성이 몰카범으로 보일 수밖에 없다.

별아도 학교에서 이렇게 안전 교육을 받았다.

"낯선 아저씨가 내 몸을 만지려고 하면 '싫어요', '안 돼요', '하지 마세요.'라고 말하는 거예요!"

엘리베이터의 그 여자아이도 유치원이나 엄마 아빠에게 아저씨에게 당하지 않는 '안전 교육'을 받았을 거다.

세상의 안전을 지켜야 할 아저씨가 안전을 위협하는 존재가 되고 말았다. 설핏 섭섭한 기분도 들지만, 어쩔 수 없다. 아저씨로서 무거운 책임감을 느끼고 더 잘하는 수밖에!

좀 의아하게도 그날 이후 다시는 그 여자아이를 보지 못했다. 엘리베이터가 아니더라도 아파트 놀이터나 동네 길에서 한 번쯤은 마주칠 듯한데, 혹시 얼마 안 돼 이사를 갔을까? 그랬다면 새 동네에서 즐겁고 행복하게 자라나기를 기도한다. 한 가지 더 바람이 있다면 그 동네 아저씨들이 아이를 안전하게 지켜주었으면 좋겠다.

2.
성장 인정 욕구

초등학생 자녀를 둔 학부모들 대다수가 귀찮아하는 일이 하나 있다. 바로 녹색 교통 봉사대 활동이다. 등굣길 아이들 안전을 책임진다는 보람도 있지만, 가능하면 안 하고 싶은 게 많은 학부모의 솔직한 심정이다.

학교마다 다르지만 보통 1년에 두 차례 정도 녹색 교통 봉사를 하는 것 같다. 나는 별아가 1학년 때부터 5학년인 지금까지 꾸준히 참여했다. 밤늦게까지 일하고 퇴근하는 아내를 위한 배려였다. 봉사 장소도 늘 같은 곳을 골랐다. 신호등 없는 횡단보도가 놓인 삼거리, 봉사자들의 기피 1순위인 장소다. 좌회전 차, 우회전 차, 직진 차가 한 번에 몰리면 정신이 없어지고 위험하기도 한 장소라서 그렇다. 봉사자의 수신호를 무시하는 운전자도 심심찮게 있어서 몇 걸음 차도로 뛰어들어 녹색 깃발로 막는 모험도 감수해야 한다. 내가 무슨 투철한 봉사 정신으로 무장한 사람은 아니지만, 별아와 같은 어린이들에게 뭔가 해 준다는 마음으로 늘 이곳을 신청했다.

운전자도, 보행자도 대부분 봉사자의 수신호와 안내를 잘 따라 준다. 참 고마운 일이다. 등교 시간이자 출근 시간이라 모두 바쁘고 조금이라도 빨리 가야만 할 텐데, 법적 권한도 없는 사람의 교통지도를 따르며 인내하는 것이 나는 감사하다.

하지만 안타깝게도 봉사자의 교통지도를 무시하는 사람도 있다. 정말 소수이지만, 이 소수의 행동이 여러 사람을 불행에 빠트릴 수 있기 때문에 문자 그대로 소수로만 느껴지지 않는다. 교통지도에 나서는 시간은 보통 오전 8시부터 9시까지다. 엄마 손잡고 어린이집 가는 아이부터 초등학생, 중·고등학생, 아저씨, 아줌마, 어르신들 모든 연령대를 만난다. 중학생들이 들으면 섭섭하겠지만, 교통지도를 가장 잘 따르지 않는 연령층은 중학생이다. 의외로 고등학생들이 더 말을 잘 듣는다. 다만 이건 내 개인적인 경험일 뿐이니 중학생들은 너무 화내지 말도록!

최근에 나선 교통지도에서 겪은 일이다. 여자 중학생 셋이 횡단보도 건너편에 모여들었다. 내가 있는 쪽으로 건너올 줄 알았는데, 그 자리에서 재잘재잘 웃고 떠들기만 했다.

'친구 기다리나?'

그런 생각을 하며 여학생들에게 신경을 기울였다. 중학생들의 경우 갑자기 길로 뛰어드는 일이 때때로 있기 때문이다. 마침 그날은 내 맞은편을 지켜야 할 봉사자가 결석해서 더 신경을 썼다.

이윽고 여학생 무리 중 한 명이 내 쪽을 향해 손을 흔들었다. 휙, 뒤를 돌아보니 여학생 한 명이 다가오고 있었다.

'기다리는 친구가 쟤가 보구나.'

나는 다시 도로 쪽으로 고개를 돌렸다. 차 한 대가 좌회전 깜빡이를 켠 채 달려오고 있었다. 당연히 보행자를 막아야 할 시점이었다. 나는 깃발을 들어 친구들에게 가려는 여학생을 막고 차를 진행시켰다. 그런데 믿기 힘든 일이 일어났다. 그 여학생이 손으로 깃대를 탁 밀며 횡단보도로 뛰어드는 게 아닌가!

"위험하다!"

내가 소리쳤지만 여학생은 아랑곳없이 그대로 달려갔다. 뒤늦게 그 여학생을 발견한 운전자가 끽, 급정거를 했다. 여학생도 차에 치일 뻔한 걸 느꼈는지 우뚝 멈춰 섰다. 운전자가 기민하게 대처하지 않았다면 정말로 인명사고를 피할 수 없을 위험한 순간이었다. 더 기가 막힌 건 그다음이었다. 나는 적어도 그 여학생이 운전자에게 미안함의 표시로 목례라도 할 줄 알았다. 하지만 그 여학생은 뻔뻔하게도 곧장 친구들을 향해 걸어갔다. 친구들은 아무 일도 없었다는 듯 친구를 반겨 주었다. 넷이 된 그들은 웃고 떠들면서 제 갈 길을 갔다.

정말 고맙게도 운전자 아저씨는 덤덤한 표정으로 여학생이 다 건너기를 기다려 주었다. 그러고는 내게 짧은 시선을 한 번 주고 차를 출발시켰다. 마치 그 시선에 '아저씨도 그냥 참아요.' 하는 한마디가 담긴 듯했다. 하긴, 참지 않으면 뭘 어쩌겠는가? 사고가 안 난 걸 다행으로 여기고 잊는 수밖에.

집에 와서 곰곰 되새겨 보았다. 사고를 당할 뻔한 여학생이 운전자에게 인사도 없이 간 건 그럭저럭 넘어갈 수도 있었다.

'뭐, 놀라서 인사할 정신이 없었을 수도 있지.'

그러나 나한테 한 행동은 도무지 좋게 봐 줄 수가 없었다.

'교통지도를 따를 마음이 없을 순 있어. 그럼 그냥 날 무시하고 건너든지, 깃대는 왜 밀어?'

깃대를 미는 여자 중학생은 처음이었다. 역대급에 레전드급이었다. 훗날 똑같은 행동을 저지를 여자 중학생이 또 나올지는 모르겠지만.

나의 성장기, 특히 중학생 시절을 되돌아보았다. 그때가 참 애매한 시기이기는 했다. 어린이도 아니고, 어른도 아니고, 고등학생처럼 몸이 커서 어른인 척 세상을 속이기도 쉽지 않은 시기. 하지만 애 취급받기는 몸서리나게 싫었던 시기. 그래서 나는 중학교 때 반항심이 최고조에 이르렀던 것 같다. '나도 이제 컸어요!' 소리치고, 티 내고 싶었던 것 같다. 고등학교 시절엔 그나마 철이 조금 들어서 순응할 수 있는 여유도 있었지만, 중학교 시절엔 엇나가려는 마음에 휩싸여 있었다.

중학교 시절의 그 마음을 '성장 인정 욕구'라고 표현할 수 있을까? 깃대를 밀었던 여학생에게도 어쩌면 성장 인정 욕구가 무럭무럭 자라고 있었는지도 모르겠다. 그래, 중학생 시절은 그런 시절이다!

그렇다면 어른인 나는 어떻게 처신하는 게 좋을까? 아, 정말 모르겠다. 동네 아저씨인 주제에 뭘 하려고 마음먹는 자체가 주제넘은 행동 같기도 하고…. 아무튼 한 가지는 꼭 해야겠다. 미성년자(성년자도 '성년스럽지' 못해서 이 말을 좋아하진 않지만) 중에서 교통지도를 무시하고 횡단보도로 뛰어드는 아이를 만나면 쫓아가서 막을 거다. 반드시! 누가 뭐래도 녹색 교통 봉사대에게는 안전을 지켜줘야 할 의무가 있으니까!

3.

존중 욕구 비대증

"에라, 이 좆 같은 새끼야!"

공원에 자리한 도서관에서 책을 빌려 나오는데 낯뜨거운 욕설이 들려왔다. 귀를 의심했다. 욕을 뱉은 사람은 팔순은 돼 보이는 할머니였다. 물론 할머니라고 해서 육두문자 섞은 욕을 쓰면 안 된다는 법은 없다. 내가 놀란 건 욕을 받은 사람이 비슷한 연세의 할아버지였기 때문이다. 두 분 모두 흰머리와 얼굴 주름에 긴 세월과 연륜이 배어 있는데, 무엇 때문에 쌍욕이 튀어나오는 상황이 빚어졌을까?

"지금 나한테 좆 같은 새끼라고 했어? 이 씨발년이 진짜!"

할아버지도 붉으락푸르락하며 쌍욕을 날렸다. 주변엔 등나무 벤치가 있었고, 몇몇 어르신들이 이 광경을 고스란히 지켜보고 있었다. 누군가는 웃고, 누군가는 눈살을 찌푸렸고, 누군가는 무관심했다. 하지만 두 분을 말리는 사람은 없었다.

"이 벼락 맞을 놈아, 집에 가서 발 닦고 잠이나 처자라!"

할머니는 또 한 번 욕설을 뱉고 획 돌아섰다.

"좆 같은 년아, 너나 집에 가!"

할아버지도 할머니 등에다 욕설을 던졌다. 할머니가 아랑곳없이 갈 길을 갔기에 싸움은 더 번지지 않았다. 할아버지는 잠시 할머니 뒷모습을 노려보다가 천천히 걸음을 뗐다. 그러고는 빈 벤치에 털썩 주저앉았다. 나는 집으로 향하며 일부러 할아버지 앞을 지나갔다. 할아버지는 분이 안 풀리는지 씩씩거리며 손부채질을 했다. 나는 눈동자를 굴리며 재빨리 주변을 스캔했다. 할아버지 벤치 주변에 담배꽁초 몇 개가 눈에 띄었다.

'혹시 담배 때문일까?'

흡연이 불씨가 되어 일어난 다툼이 아니었을까 조심스레 추측해 보았다. 공공도서관 앞 등나무 벤치는 주로 어르신들 쉼터로 쓰인다. 많은 어르신이 이곳에서 담소를 나누고, 정치인 욕도 하고, 장기도 두고, 술담배도 한다. 갈 곳과 쉴 곳과 교제할 곳이 상대적으로 적은 어르신들이기에 그분들이 무엇을 하든 동네 사람들 대부분 너그럽게 지나가는 분위기다. 그런데 가끔 담배 때문에 실랑이가 벌어지곤 한다. 주로 담배를 피우는 어르신과 안 피우는 어르신 사이에 일어나는 갈등이다. 나는 도서관 갈 일이 잦아서 그런 광경을 몇 번 마주했다.

'할머니가 혹시 담배 피우는 할아버지한테 뭐라고 했나? 할아버지는 그 말에 발끈하고.'

추측을 한층 키웠다가 나는 이내 고개를 저었다. 억측은 장점보다 단점이 크니까.

아무튼 할머니와 할아버지의 욕설 배틀은 왠지 안타까웠다. 물론 늙었다고 해서 욕하고 싸우면 안 되는 건 아니다. 늙지 않은 내가 이해할 수 없는 어르신들만의 심정과 세계도 있을 수 있다. 그래도 못내 아쉬움을 지울 수 없었다.

'말 그대로 같이 늙어가는 처지잖아. 조금만 서로를 딱하게 여긴다면 쌍욕까지는 안 할 수도 있었을 텐데….'

나는 집에 다다를 때까지 이 생각에 사로잡혔다.

나이 들면 대접받고 싶은 게 인지상정일 거다. 아무래도 우리의 어르신들은 그 마음이 아랫세대보다는 더하지 않을까 싶다. 윗사람 받드는 게 미덕이자 도리로 배우고 살아온 분들이기에. 윗사람을 받들며 살다 이제 그 윗사람이 되었으니 일종의 보상 심리가 작용할 법도 하다.

조금 다른 각도의 이야기지만, 갑질을 하는 사람들의 마음도 살

펴볼 필요가 있을 듯하다. 그들의 가슴속에도 대접받고 싶은 마음이 도사리고 있다. 갑질을 제일 많이 하는 부류가 사오십 대 남성이라는 사실은 그 근거가 되기에 충분하다. 남성들은 어릴 때, 젊을 때 여성에 비해 수직 관계에 대해 더 강요받는 편이다. 권력 지향적이라는 남성 고유의 특성 탓도 있지만, 군대나 기업 등의 조직이 수직 관계를 지향하는 문화 탓도 있다(예전에 비해 한결 달라지긴 했지만).

여하튼 이삼십 대 남성들은 대체로 대접하는 위치에서 살아간다. 사오십 대에 이르러야 권력자의 자리에 오른다. 동네에서도 진정한 '아저씨'로 등극하며 누구도 함부로 하지 못할 위치에 거하게 된다. 그때쯤 되면 본인이 대접하던 윗사람은 조직을 떠나거나 영향력이 약해진다. 즉 대접할 일은 사라지고 대접받을 힘은 생기니 갑질의 욕망이 꿈틀거릴 수 있다. 다른 세대나 다른 성별보다 더 강하게!

언젠가 노인 대상의 강좌를 들은 적이 있다. 당시 노인 독자 대상의 잡지를 기획하고 있었기에 공부하는 마음으로 참석했다. 강사가 이런 말을 했던 게 기억난다.

"젊은 사람들이 잘 안 챙겨 주고 양보 안 해 주면 화나고 섭섭하지요? 그게 대접받고 싶은 마음이 깊이 자리하고 있어서 그래요."

그때 많은 어르신이 웃으면서 고개를 끄덕였다. 반감을 가진 분도 있었겠지만, 내가 느끼기에는 동의하는 분위기가 더 짙었다.

'대접'이란 낱말을 '존중'이란 낱말로 바꿔 보자. 그래도 별 무리는 없을 것 같다. 사람은 누구나 존중받기를 원한다. 남녀노소 똑같다. 다만 나이 먹으면 그 마음이 더 커질 수 있다고 생각한다. 나도 그럴지도 모르고, 욕하며 싸웠던 어르신들보다 더할지도 모른다.

존중받고 싶은 마음이 비정상적으로 커지면 '존중 욕구 비대증'이 될 수 있다. 이게 심하면 남을 업신여기거나 아랫사람을 짓밟는 행동이 나타날 수 있다. 내가 그러니까! 일일이 열거하긴 어렵지만 나는 특히 가족들과 있을 때 존중 욕구 비대증이 일어난다. 아마도 가족들이 편하고 만만해서겠지….

그날 할머니 할아버지의 욕설 배틀도 존중 욕구 비대증에서 나온 행동이라 진단한다. 다만 일시적인 과잉 행동이라 생각하고 싶다. 원래 넉넉하고 너그러운 분들인데, 어느 순간 좀 심하게 뒤틀렸을 거라 믿고 싶다. 그리고 바란다. 어르신들도 어르신들끼리 서로 더 존중했으면 좋겠다. 모진 풍파 다 견디고 함께 노년을 보내고 있는 동지 아닌가!

4.

생존 증명 심리

'생존 증명 심리'라는 말을 지었다. 계기는 도서관에서 목격한 어르신들의 모습이다. 큰 사전을 떡 펼쳐 놓고 영어 공부를 하는 할아버지, 문학소녀처럼 달뜬 얼굴로 책 읽는 할머니, 한 글자도 놓치지 않겠다는 듯 신문과 씨름하는 할아버지…. 처음엔 이 모든 모습이 멋져 보였다. 나이를 잊은 채 하나라도 더 익히려고, 얻으려고 열정을 불태우는 어르신들이 존경스럽기도 했다.

그런데 어느 날 문득 생각이 바뀌었다. 어쩐지 측은했다. 어르신들뿐만 아니라 사람이라는 존재 자체가 가엾게 느껴졌다.

'사람은 무언가를 하지 않고는 삶을 견딜 수 없는 걸까?'

어르신들이 삶을 견디기 위해 어쩔 수 없이 도서관에서 시간을 보내고 있다는 생각이 들었다. 지나치게 비관적이고 염세적인 생각인지 모르겠지만.

'놀이하는 인간'이라는 뜻의 '호모루덴스'라는 말이 있다. 이 말을 지은 네덜란드의 역사가 하위징아는 '놀이'가 삶의 본질임을 꿰뚫어 보았다. 정확한 시선이다. 놀이 없는 삶은 얼마나 팍팍하고 지겨울지…. 놀이 없이 사는 건 그냥 숨만 쉬면 사는 것과 별반 다를 게 없을 듯하다. 놀이는 삶에 생기를 불어넣는다.

삶의 본질인 놀이는 사람을 즐거움에 젖게 하며 많은 것을 잊게 만든다. 시간, 걱정, 아픔, 무료함, 나쁜 기억, 그리고 죽음….

삶을 견디는 일은 곧 죽음에 맞서는 일이라 생각한다. 삶이 힘들면 죽고 싶어지고, 그 마음을 이겨내지 못하면 정말 죽음에 이를 수도 있다. 스스로 세상을 등지지 않는 한 누구나 죽음과 줄다리기하듯 살아간다. 아직 노년을 살아보지 못한 나는, 지금 중년을 살고 있는 나는 어르신들에게 죽음이 어떤 의미인지는 똑똑히 알지 못한다. 다만 더 자주 생각날 거라, 더 두렵게 느껴질 거라 짐작은 한다.

아흔 넘어 돌아가신 외할머니도 내게 이런 말을 했었다.

"이부자리 펴고 누우면 자다가 덜컥 죽는 거 아닌가 솔직히 무섭구나."

공원 가로등 벤치 할아버지들의 대화에서 우연히 이런 말을 들은 적도 있다.

"아침에 일어나면 '오늘도 살아 있네.' 하는 생각이 든다니까."

"눈떠지는 게 감사하지, 뭐."

'놀이'는 어찌 보면 주관적이다. 공놀이나 윷놀이나 음주가무처럼 객관적으로 인정받은 놀이만 놀이라 못 박을 수는 없다. 일이나 공부도 본인이 '놀이'라고 느끼면 놀이가 될 수 있다고 본다. 그것이 즐거운 놀이인지, 지루한 놀이인지는 다음 문제다.

도서관에서 만난 어르신들에게서 나는 놀이하는 모습을 보았다. 당신들만의 놀이를 하는 그분들이 '즐거워하는' 모습이 눈에 비쳤다. 그런데 오히려 그 달아오른 모습이 가슴을 짓눌렀다. 더 열심히 놀려 애쓰는 것 같아서, 놀이로써 살아 있음을 드러내려 몸부림치는 것 같아서…. 내가 너무 오버한 걸까? 어르신들을 모욕한 걸까?

나의 노년을 상상해 보았다. 늙은 나도 도서관 생쥐처럼 책에 파묻혀 있을 것만 같았다. 지금도 나는 가만히 있는 걸 못 견딘다. 먼 훗날 나는 도서관에서 이런 혼잣말을 하며 남몰래 쓴웃음을 지을지도 모른다.

"나 아직 죽지 않았어! 근데 내일은 또 무슨 책을 보며 하루를 보내야 하나?"

5.

무인점포 절도욕

"민지 동생이 '세상문구'에서 도둑질하다 걸렸대."

저녁을 먹는 중에 별아가 놀랄 만한 소식을 전했다. 민지는 별아의 단짝 친구, '세상문구'는 온갖 문구와 아기자기한 장난감을 파는 무인점포다.

나는 눈이 휘둥그레져서 물었다.

"철우가?"

"응. '세상문구'에 철우 사진이 붙었어. 그래서 아까 민지 울었어."

"민지가 많이 속상했던 모양이네. 철우도 상처받았을 텐데, 큰일이다."

'세상문구'는 동네에 딱 하나뿐인, 어린이를 대상으로 한 문구점이다. 슬라임, 포켓몬 스티커처럼 아이들의 눈과 마음을 끄는 물건들이 가득하다. 참새가 그냥 지나치기 힘든 방앗간 같은 곳이다. 주인 없는 무인점포라 그곳을 찾은 참새 어린이는 맘껏 놀다 갈 수 있다.

생긴 지 2년쯤 된 '세상문구'에서는 때때로 도둑질이 일어난다. 주인은 없지만 무인카메라가 지켜보는데도 말이다. 안타깝게도 도둑은 모두 아이들이다. '세상문구'에서는 물건을 훔친 사람의 사진을 가게 안에 붙여 놓는데, 아직까지 어른의 사진이 붙은 적은 없었다. 사진에서 도둑의 눈은 검은 선으로 가려진다. 하지만 금방 정체가 탄로 난다. 옷이나 책가방은 그대로 드러내기 때문이다. 사진을 본 아이들은 옷이나 책가방을 단서로 도둑을 단박에 알아낸다. 이튿날 그 정보는 소문이 되어 반달초등학교에 쫙 퍼진다. 동네에 초등학교는 반달초등학교 한 개뿐이고, '세상문구'는 반달초등학교 뒤에 있다. '세상문구'의 주 고객 및 단골 고객은 반달초등학교 어린이들이다.

별아가 그늘진 얼굴로 말했다.

"3일 안에 연락 안 주면 경찰에 신고한대."

도둑의 사진에는 늘 그와 같은 내용의 문구가 쓰여 있다. 주인이 아이의 부모와 변상에 대해 의논하기 위해 내거는 조건이다.

나는 별아의 마음을 가볍게 해주려고 미소 띤 얼굴로 대꾸했다.

"민지 부모님이 알아서 잘하실 거야. 너무 걱정하지 말고, 민지 잘 위로해 줘. 철우 만나면 평소처럼 밝게 인사해 주고."

"응, 안 그래도 민지 위로해 줬어. 별일 없을 거라고."

나는 칭찬의 뜻으로 별아의 머리를 쓰다듬어 주었다.

무인점포는 창업을 꿈꾸는 서민에게 좋은 기회다. 창업자금이 적게 들고, 운영도 편하고, 투잡도 가능하기 때문이다. 이용객에게도 이점이 많다. 보통 24시간 점포를 열기에 아무 때고 드나들 수 있고, 주인이 없기에 편하고 자유롭게 이용할 수 있다. 그야말로 주인과 손님이 '윈윈(win-win)'할 수 있는 상점이다.

다만 몇몇 몰지각한 이용객들 때문에 속앓이를 하는 주인들이 적지 않은 것 같다. 기물을 부수거나 물건을 훔치거나 매장 안을 더럽히거나 심지어 용변을 보는 사람들까지 있으니 말이다. 언론에 소개된 이 사례들의 주인공은 모두 어른들이다. 간혹 청소년이 섞여 있긴 하지만 그들도 어린이는 아니다. 말 그대로 이들은 하나같이 '몰지각'하다.

그렇지만 '세상문구'에서 물건을 훔친 어린이들은 몰지각과는 거리가 멀다고 생각한다. 본능에 이끌렸다고 하는 편이 맞을 거다. 한문을 잘 아는 건 아니지만, 아이들은 '견물생심(見物生心)'을 이겨내지 못한 것 같다. 맘에 드는 물건을 보면 갖고 싶은 마음이 우러나는 건 자연스러운 현상이다. 이 현상은 어른이나 어린이나 마찬가지다. 다만 어른은 그 마음을 어린이보다 좀 더 다스릴 수 있을 뿐!

'세상문구'를 찾은 아이들 가운데 마음을 다스리는 힘이 약한 몇몇 어린이가 물건에 손을 댔겠지 싶다. 주인이 없으니 갖고 싶은 마음에 더 휩싸였을 거다. 갖고 싶은 마음에 꽂힌 상태에서는 무인카메라가 지켜본다는 사실을 잊을 수 있다. 잊지 않는다 해도 나중을 생각하지 못할 수 있다. 그게 어린이다.

'세상문구' 주인을 탓할 수는 없다. 주인에게 '세상문구'는 생업이다. 물건을 도둑맞는 건 생계를 위협받는 일이다. 먹고살려면 도난에 대해 변상을 받는 게 당연하다. 그래도 아쉬움은 살짝 남는다. 옷과 책가방도 모자이크 처리해 주면 좋을 텐데…. 도둑질이 주위에 알려질 아이의 마음을 조금만 헤아려 주면 좋을 텐데….

아쉬움이 남는다 해도 역시 제3자의 입장에서 주인을 손가락질하는 건 곤란하다. 무인점포 특성상 점포에 해를 입힌 사람을 찾아내기는 참 힘들다고 한다. 일일이 경찰에 신고하기도 힘든 노릇이고. 주인도 이를 잘 알기에 깊은 고민 끝에 아이의 사진을 붙이는 방법을 생각해 냈을 거다. 소문의 힘으로 아이를 압박하려는 의도는 없었으리라 믿는다.

무인점포가 늘면서 어린이를 대상으로 한 무인점포도 늘어나고 있는 실정이다. 부모를 비롯한 어른들의 각별한 관심과 지도가 필요할 때가 아닌가 싶다. 무인점포는 어린이의 '무인점포 절도욕'을 부추긴다. 그 욕망을 이기지 못한 아이는 큰 상처를 받을 수 있다.

민지 동생 철우 일이 있고 며칠 뒤 별아에게 물어보았다.

"혹시 너도 '세상문구' 갔을 때 훔치고 싶다는 생각 든 적 있었어?"

별아는 멋쩍게 웃으며 대답했다.

"훔치는 것까진 아니지만 너무 갖고 싶어서 힘든 적은 있어."

아찔했다. 내 딸도 무인점포 절도욕과 줄다리기를 하고 있었구나!

철우 일은 부모가 변상함으로써 잘 해결되었다. 하지만 후유증이 만만치 않았다. 별아, 민지, 철우는 동네 놀이터에서 종종 놀곤 했는데, 일주일 넘게 민지 남매가 자취를 감춘 거다. 놀이터에서 받을 다른 아이들의 따가운 눈총이 두려웠던 모양이다. 민지는 동생을 지키지 못했다는 죄책감까지 느꼈는지 학교 상담 선생님에게 상담도 받았다.

열흘 정도가 지나서야 남매는 예전의 모습으로 되돌아왔다.

6.

동심 보호 딜레마

우리 동네에는 언덕이 많다. 곳곳에서 고갯길을 만난다. 지하철역과 우리 집 사이도 높은 고개가 가로막고 있다.

어느 날, 여느 때처럼 뚜벅뚜벅 고개 넘어 집을 향해 가던 길이었다. 역시나 비탈길인 오른쪽 샛길에서 수인이만 한 여자아이가 불쑥 튀어나왔다. 비탈을 급히 올랐는지 여자아이는 언덕에 오르자마자 가쁜 숨을 몰아쉬었다. 이내 숨 고르기를 마친 여자아이는 자신이 올라온 비탈길을 향해 쌩 돌아섰다. 그러더니 두 팔을 쫙 뻗어 올렸다.

"와! 우리나라가 다 보인다!"

여자아이의 말에 쿡 웃음이 터졌다. '우리 동네가 다 보인다.'도 아니고 '우리나라가 다 보인다.'라니!

우리나라를 눈에 가득 담은 여자아이는 이윽고 즐거운 얼굴로 강아지처럼 뛰어갔다. 순간 나도 모르게 아이를 불러 세우고 싶었다. '정말 우리나라가 다 보인다고 생각하니?'라고 묻고 싶었다. 아이가 올라온 가느다란 샛길은 아랫마을에서 윗마을로 이어지는 길이다. 큰길과 만나는 언덕바지는 집이나 건물이 없어 시야가 탁 트인다. 언덕바지에 서면 옹기종기 모인 집들과 초등학교가 보이고, 멀리 큰 아파트 단지, 그리고 관악산이 눈에 들어온다.

　나는 무심코 여자아이가 보았던 그 풍경을 향해 시선을 던졌다. 자주 보던 풍경이 새삼 아름답고 평온하게 다가왔다. 싱글벙글하던 여자아이의 표정이 떠올랐고, 우리나라가 이렇게 아름답고 평온하면 좋겠다는 생각이 들었다. 그런데 가슴 한켠에선 자꾸만 짓궂은 생각이 꿈틀거렸다.

　'다음에 혹시 여자애를 만나면 우리나라는 이것보다 훨씬 크다고, 네가 보는 건 우리 동네의 일부일 뿐이라고 알려줄까?'

　나에게 동심 파괴 본능이 숨어 있었던 것인지, 낯선 내 모습에 풋 헛웃음이 나왔다.

　어린이의 마음, 동심은 소중하다. 어른은 동심을 지켜줄 의무가 있다. 그러나 어린이가 '동심을 간직하고 살면 행복해지나요?' 하고 묻는다면 나는 머릿속이 하얘질 것 같다. 도대체 어떤 대답을 들려줘야 할지 감이 안 온다. 선뜻 '그럼!' 하고 대답할 수 없다는 것만 분명하다. 이유는 잘 모르겠다. 착하고 순수한 사람이 손해 보고 이용당하는 꼴을 자주 보아서 그런 건지….

나 역시 동심으로 살고 싶다. 여전히 산타클로스가, 인어공주가 있다고 믿고 싶다. 우리 세상도 동화 속 세상과 같아지리라는 소망을 품고 싶다. 나쁜 사람은 벌을 받거나 착해지고, 착한 사람은 상도 받고 요정의 도움도 받는 세상. 나는 그런 세상을 꿈꾼다. 하지만 냉정하게 말해 이런 꿈과 소망은 사는 데 별 도움이 안 된다. 더 속되게 말하면 돈벌이에 방해가 된다.

나는 '동심 보호 딜레마'에 빠졌다. 당장 두 딸에게도 어떻게 해야 할지 막막하다. 동심을 지켜 줄 것인가 깨 줄 것인가. 지켜 준다면 몇 살까지 지켜 줄 것인가. 무엇이 별아와 수인이에게 도움이 되는 길인가.

3년 전, 그러니까 별아가 2학년 때다. 어느 날 학교에 다녀온 별아는 산타클로스의 실체를 '배우고' 돌아왔다. 별아보다 한층 조숙한 친구가 산타클로스가 가짜라는 걸 알려준 거다. 아내와 나는 맥이 탁 풀리고 말았다. 산타클로스가 엄마 아빠라는 사실을 언제쯤 알릴까 전전긍긍했는데, 꼴이 우스워지고 만 거다. 우리 부부는 할 수만 있다면 계속 산타클로스의 신비를 숨길 작정이었다. 의외로 별아가 담담해서 더 기운이 빠졌다. 왜 산타클로스에 대해 거짓말했냐며 펄펄 뛸 줄 알았는데, 별아는 엄마 아빠를 배려하듯 쿨하게 웃었다.

지금 생각해도 참 묘했던 그때 기분은 잊히지 않는다. 별아가 동심을 잃은 것 같아 섭섭했지만, 성장하고 있는 별아가 대견하기도 했다. 자라면서 동심을 떠나보내는 것 또한 통과의례라는 생각도 들었다.

'그래. 어차피 알게 될 것, 친구를 통해 알게 된 게 더 나을지도 몰라.'

나는 이렇게 별아의 산타클로스를 털어 버렸다.

이제 수인이 차례다. 여섯 살 크리스마스에 난생처음 산타클로스에게 선물을 받은 녀석은 일곱 살 크리스마스를 잔뜩 벼르고 있다. 여섯 살 땐 산타클로스가 주는 걸 고분고분 받았지만, 이번엔 자기가 정말 갖고 싶은 장난감을 받아내려 한다. 그게 불가능하다는 걸 말해야 하나 말아야 하나?

"수인아, 산타클로스 할아버지 부자 아냐. 너무 비싼 장난감은 고르지 마, 제발!"

7.

우는 얼굴 기피 심리

산책하러 나갔던 어느 날이었다. 맞은편에서 네 살배기로 보이는 여자아이와 엄마가 걸어오고 있었다. 그런데 웬일인지 여자아이 표정이 시무룩했다. 아마 엄마에게 꾸중을 들은 모양이었다. 나와 거리가 더 가까워졌을 때 엄마가 딸에게 한마디 툭 던졌다.

"울면 미운 사람이에요!"

여자아이는 입술만 삐죽 내민 채 아무 대꾸 안 했다. 나는 슬쩍 엄마의 표정을 살폈다. 나와 마주치기 전에 딸아이랑 한바탕했는지 엄마도 표정이 일그러져 있었다. 나도 모르게 쓴웃음이 새어 나왔다.

'애 엄마도 많이 속상한가 보네. 그래도 울면 미운 사람이란 말

은 안 하면 좋았을걸…'

언뜻 엉뚱한 생각도 스쳐 갔다. 혹시 여자아이가 엄마한테 이렇게 말하면 엄마는 또 어떤 표정을 지을까 궁금했다.

"엄마, 찡그리면 미운 사람이야!"

「얼굴 찌푸리지 말아요」라는 노래는 유명하다. 가요이기도 하고 동요이기도 한 이 노래는 본디 민중가요다. 원조 노랫말을 새겨보면 탄압에 힘들어하는 동료 노동자에게 모두 함께 싸우고 있으니 힘내라고 격려하는 내용으로 읽힌다. 아무튼 민중가요든, 가요(또는 동요)든 첫 소절은 똑같다.

– 얼굴 찌푸리지 말아요. 모두가 힘들잖아요.

내 성격이 비뚤어진 탓도 있겠지만, 나는 이 구절이 마음에 안 든다. 여러 사람 힘들게 하니까 웃으라고 강요하는 것 같아서.

괜히 딴지 건다고 '얼굴 찌푸리는' 사람이 있을지도 모르겠다. 그런 이에게 나는 묻고 싶다. 누군가 얼굴을 찌푸리거나 울상을 지을 때 피곤해한 적은 없는지.

솔직히 나는 있다. 당장 우리 두 딸에게서 피로를 느꼈다. '울면 미운 사람이에요.'라는 표현을 입 밖에 내지 않았을 뿐! 따지고 보면 이 표현을 딸아이에게 쓴 그 엄마나 우는 딸들에게서 속으로 불편한 감정을 느낀 나나 오십보백보다. 얼굴에 드러난 자녀의 감정을 품어 주지 못했다는 점에서 말이다.

밝은 감정이든 어두운 감정이든 감정이 전염된다는 건 널리 알려진 사실이다. 그래서일까? 많은 이들이 밝은 감정을 불러오는 웃는 얼굴을 반기고, 어두운 감정을 끌어내는 우는 얼굴을 꺼리는 건? 물론 나도 예외는 아니다.

"자꾸 울면 친구들이 싫어해."

나는 별아에게도, 수인이에게도 이 말을 한 적이 있다. 그저 걱정을 담아 했던 말인데, 이제 와 의문이 든다. 자꾸 울면 싫어하는 사람은 딸들의 친구가 아니라 사실 내가 아니었을까? 내 안에서 '우는 얼굴 기피 심리'가 오랫동안 작용하고 있었던 건 아닐까? 「얼굴 찌푸리지 말아요」의 노랫말을 싫어한 이유도 어렴풋이 짐작이 간다. 노랫말처럼, 그 짓을 하고 있는 나와 마주치는 게 두려웠던 것 같다.

우는 얼굴, 찌푸린 얼굴은 슬플 때, 힘들 때, 외로울 때 나오는 얼굴이다. 그 구슬픈 감정이 담긴 얼굴에 대해 좀 더 너그러워져야 할 텐데, 자신이 없다.

얌체처럼, 나는 잘할 자신이 없다고 꽁무니를 빼면서 남에게 슬며시 떠안긴다. "울면 미운 사람이에요!" 하고 딸을 나무랐던 그 엄마에게.

"아이가 얼굴 찌푸릴 때 꼭 안아 주고, 방긋 웃어 주세요. 부탁 드립니다. 저는 못 하거든요."

8.

인간 쇠약 근시안

"여보, 어떤 할머니가 엘리베이터에 탔는데, 층 버튼 옆에 스티커만 계속 누르더라고."

아내의 말에 기분이 묘해졌다. 우습기도 하고 짠하기도 했다. 아내가 말한 스티커란 층 번호가 표기된 큼지막한 스티커다. 아파트에서 시력이 안 좋은 사람을 돕기 위해 엘리베이터 층 버튼 옆에 나란히 붙여 놓았다. 모든 층을 다 붙인 건 아니고 5층 단위로, 즉 1층, 5층, 10층 이렇게 붙였다. 그러니까 5층 층 버튼 옆엔 '5'라고 시원하게 쓰인 스티커가 붙어 있는 거다.

"정말? 그래서?"

"할머니에게 알려드렸지, 뭐. 그건 스티커라고. 아마 우리 아파트에 처음 오신 분인가 봐."

"층 번호가 잘 보이라고 붙여 놓은 스티커가 오히려 헷갈리게 한 거네?"

아파트에서 층 번호 스티커를 붙였을 때 참 잘한 일이라고 여겼다. 배려의 손길이 느껴져 마음이 푸근했다. 스티커 숫자가 눈에 잘 띄어 특히 어르신들에게 도움이 되리라 생각했다. 나는 엘리베이터를 거의 안 타서 직접 본 적은 드물지만, 아내는 실제로 어르신들이 편리함을 느끼는 것을 종종 보았다.

나도, 아내도 누군가 스티커를 층 버튼 대신 누르는 상황을 예상하지 못했다. 아마 스티커 아이디어를 낸 이들도 예상하지 못했으리라 짐작된다. 그 할머니는 정말 '예상 밖'의 상황을 보여 주신 듯하다.

"그러게 말야. 난 처음에 내가 잘못 본 줄 알았어. 근데 할머니가 '왜 이게 안 되지?' 하시길래 그제야 알았다니까."

아내가 진지한 얼굴로 던진 말에 우스운 느낌은 싹 사라졌다. 짠한 느낌만 가슴을 메웠다. 스티커를 누르면서 할머니가 당황했을 걸 상상하니 소리 없이 한숨이 나왔다. 어쩌면 더 많은 어르신이 그런 경험을 했을지 모른다는 데 생각이 미쳤다. 단지 내가 못 보았을 뿐. 나아가 나도 나이가 더 들어 늙으면 충분히 겪을 수 있는 일일 것만 같았다.

늙으면 어쩔 수 없이 몸은 약해진다. 몸이 약해지면 아무래도 행동은 움츠러든다. 가령 어르신들이 버스에서 대체로 앞자리에 앉는 이유는 경로석이 앞에 자리하고 있어서만은 아니다. 뒷자리까지 쑥 들어가 앉기가 버거운 것도 주요 이유다. 다리를 다친 사람이 멀리 가기 힘든 것과 같은 이치다.

몸이 약해지거나 불편해지면 시야도 좁아지기 마련이다. 뭔가 필요한 게 있으면 가까운 곳부터 눈을 돌리고, 그곳에서 필요한 게 눈에 안 띄면 초조해하는 경향이 생긴다. 나의 돌아가신 외할머니가 그랬다. 늘 작은 탁자에 성경책과 안경을 두었던 외할머니는 가끔 안경이 안 보이면 다른 곳을 찾을 염을 못 내고 초조해했다. 그럴 때 안경은 보통 탁자 밑에서 나왔다.

정말 조심스럽게 '인간 쇠약 근시안'이란 표현을 떠올렸다. 사람이 약해지면 가까운 곳만 보려 하고 먼 곳을 볼 마음을 먹지 못하는 것 같아 지은 표현이다. 엘리베이터에서 스티커를 버튼인 줄 알고 눌렀던, 옆에 버튼을 눌러볼 생각을 못 하고 초조해하기만 했던 그 할머니는 '인간 쇠약 근시안'이 생긴 것 같다. 정말 안타깝지만.

세월이 흘러 눈이 어두워지는 건 그 누구도 막을 수 없는 일이다. 그래도 늙어서 몸의 눈이 어두워지면 마음의 눈이 밝아진다는 말이 나는 위로가 된다. 물론 마음의 눈이 저절로 밝아질 리는 없을 거다. 마음을 갈고닦고 인품을 기르려는 노력이 뒷받침되어야만 가능할 거다. 나는 늙었을 때 밝은 마음눈을 갖기 위해 부지런히 노력하련다. 어르신들이 들으면 아직 젊은 놈이 별소리 다 한다고 혼낼지도 모르겠지만.

9.
역할충실 기대심리

나는 프리랜서라 집에 있는 시간이 많다. 덕분에 집안일을 거의 도맡는다. 그중 재활용 쓰레기 분리배출은 나의 주요 임무 중 하나다.

우리 아파트에서는 경비원 아저씨가 분리수거를 담당한다. 주민에게 분리배출을 안내하고, 환경업체가 재활용 쓰레기를 치워갈 수 있도록 쓰레기 수거함을 정리한다. 우리 아파트 단지는 소박한 편이다. 4개 동뿐이라 많은 세대가 살지 않는다. 세대가 적어 경비원의 수도 적다. 몇 분 안 되니까 전임자가 퇴직하고 새로운 분이 오더라도 금방 얼굴을 익힌다. 특히 재활용 쓰레기 분리배출을 몇 번 하고 나면 자연스레 경비 아저씨와 안면을 트게 된다. 인사를 하면 경비 아저씨들 모두 반갑게 받아주니까 서로 알게 되는 거다.

나는 재활용 쓰레기를 가지고 나갈 때 가끔 음료수를 챙긴다. 수고하는 경비 아저씨에게 드리는 보잘것없는 선물이다.

음료수를 드리면 어떤 분이든 한결같이 이런 반응을 보인다.

"아이구, 감사합니다."

"뭘 이런 걸 주시나요? 잘 마시겠습니다."

"감사합니다. 몇 호 사시나요?"

고작 음료수 한 병에 격하게 감사를 표하니 도리어 내가 무안할 정도다.

경비 아저씨들 가운데 오래 일하신 분이 한 분 있다. 내 기억에 8년쯤 근무하신 것 같다. 참 점잖고 성실하고 푸근한 분이다. 오래 일하셨기에 동료 중 나한테 음료수를 가장 많이 받으셨다. 이젠 안 그러셔도 되는데, 여전히 음료수를 받으면 '격하게' 감사를 전하신다. 아내와 나는 그분을 '교장 선생님'이라 부른다. 안경이 잘 어울리는 외모, 말투 등이 교장 선생님 같아서 우리끼리 나누는 별명을 지은 거다.

올여름 교장 선생님이 나에게 선물을 주셨다. 그 선물이란 바로 살구 한 봉지다. 아파트 단지에는 살구나무가 여러 그루 있는데, 해마다 부녀회에서 살구를 거두어 좋은 일에 쓴다. 어느 날 고물 컴퓨터 폐기에 관해 말씀드리러 경비실에 갔었다. 그날 마침 여름걷이를 한 날이어서 경비실 옆 돗자리에 살구가 수북이 쌓여 있었다. 부녀회원들은 썩은 살구를 골라내고 바구니에 잘 익은 살구를 담느라 분주했다. 교장 선생님도 부지런히 일손을 돕고 있었다.

"아저씨, 안녕하세요! 폐기물장에 컴퓨터 내놓은 거 말씀드리려구요. 동사무소에서 폐기물 스티커 사서 붙여 놓았어요."

"잘하셨습니다. 제가 나중에 확인해 볼게요."

"감사합니다. 수고하세요."

교장 선생님이 바빠 보여 나는 얼른 자리를 뜨려 했다. 그런데 아저씨가 "잠깐만요!" 하며 급히 나를 불러세웠다.

"예? 무슨 일로…?"

아저씨는 대답 없이 검은 봉지에 서둘러 살구를 담았다. 봉지를 채우자마자 내 앞에 덥석 내밀었다.

"가져가서 드세요!"

"아이구, 아니에요. 이거 제가 받으면 안 되죠. 아파트 재산인데."

"괜찮아요. 날 더운데 얼른 들어가세요."

그 순간 감이 딱 왔다.

'아저씨 몫을 따로 떼서 나누어주신 거구나!'

그렇다면 사양하는 게 예의가 아니라는 생각이 들었다. 어른이 주시는 거니 그저 감사히 받는 게 예의인 것 같았다.

"감사합니다, 잘 먹겠습니다!"

나는 꾸벅, 허리 굽혀 인사를 올린 뒤 총총걸음으로 그 자리를 벗어났다.

살구 선물을 받고 며칠 뒤였다. 외출하려고 현관문을 열었는데, 복도에 물이 흥건했다. 1년쯤 전에 새로 오신 청소원 아주머니의 작품이었다. 아주머니는 대걸레를 꼭 짜지 않고 걸레질을 해서 번번이 복도를 물바다로 만들어 놓았다. 물바다라는 표현이 좀 지나치긴 한데, 복도 군데군데가 물이 고일 정도니 심한 과장도 아니다.

나도 지극히 평범한 사람인지라 이전 청소원 분들과 비교를 하게 되었다. 지금 청소원 분은 상대적으로 청소에 무성의했다. 청소를 해도 엉킨 먼지나 벌레 사체 따위를 종종 남겨 두셨으니까. 무엇보다 가장 고역은 역시 물바다 복도였다. 미끄러질까 봐, 물이 튈까 봐 조심조심 걸어야 할 정도이니…. 그렇다고 관리사무소에 민원을 넣거나 청소원 아주머니에게 직접 항의하는 건 또 못할 짓이었다. 연세 많은 분이 생계를 위해 청소일을 하시는데 민원이나 항의는 좀 심하다고 생각했다.

하지만 그날은 기분이 제법 상해 버렸다. 그날따라 습도도 놓았는데 평소보다 더 물기가 많아서 그랬다. 그냥 참고만 지내는 게 힘들다는 생각이 어쩔 수 없이 들었다.

'아주머니한테 음료수도 드렸는데, 청소 좀 잘해 주시지….'

나는 청소원 분들에게도 음료수를 드리곤 했다. 지금 청소원 아주머니 또한 내게 음료수를 받고 환한 웃음으로 감사를 표했다.

'다음에 뵈면 대걸레에 물기 좀 빼달라고 정중하게 부탁드릴까? 음료수 드리면서.'

나는 이런 고민을 하다가 흠칫했다. 그동안 경비 아저씨와 청소원 아주머니에게 음료수를 드린 나의 행동이 순수하지만은 않았다는 생각이 번쩍 들어서였다. 기분이 이상야릇했다. 내가 내 뒤통수를 때린 기분이랄까?

음료수는 순수한 선물이 아니었다. 경비 아저씨와 청소원 아주머니가 맡은 바 일을 잘해 달라는 요구를 담은 선물이었다. 그 얄팍한 의도를 나는 그동안 알아차리지 못했던 거다. 그저 수고에 감사하다는 뜻을 담은 선물이라고만 믿어 왔던 거다.

이 충격적 경험을 겪고 '역할충실 기대심리'라는 표현을 지었다. 이건 남이 본인의 역할을 잘해 주기를 기대하는 마음이다. 내가 좋고 편하려고.

역할충실 기대심리를 자각하고 음료수를 그만 드릴까 고민했었다. 하지만 그것 또한 바람직하지 않은 것 같아 그냥 하던 대로 하고 있다. 다만 예전과 달리 번번이 가슴이 찔린다.

여하튼 경비원 아저씨도, 청소원 아주머니도 여전히 감사해 주시니, 나도 '여전히' 감사할 따름이다.

10.

완전 성숙 집착증

우리 동네 좋은 점은 공공놀이터가 많다는 거다. 놀이터 주변 주민들은 시끄러워서 싫어할 수도 있지만, 아이 키우는 부모들과 어르신들은 대부분 좋아한다. 공공놀이터는 아이들 놀이기구만 있는 게 아니라 간단한 운동기구, 정자 등이 마련되어 있어서 어르신들에게는 피트니스센터와 쉼터가 된다.

나도 놀이터 주변 주민이다. 공공놀이터가 코앞이라 베란다에서 내려다보면 놀이터 전경이 한눈에 들어온다. 코딱지만 한 크기인데, 그네, 미끄럼틀, 운동기구, 정자 있을 건 다 있다. 놀이터 풍경은 시시때때로 바뀐다. 아이들이 바글바글 할 때, 텅 비었을 때, 비에 젖어갈 때, 눈이 쌓여갈 때 다 느낌이 제각각이다. 빛깔 다른 풍경들은 여러 상념과 추억을 불러오거나 그저 미소를 자아내기도 한다.

하루에도 몇 번씩 놀이터를 바라본다. 저절로 눈이 가기도 하고, 일부러 눈을 주기도 한다. 커피잔을 들고 베란다에 나가 풍경을 눈에 담기도 한다. 그냥 그게 좋다.

놀이터에는 일정한 규칙이 있다. 시간대에 따라 찾는 이들이 달라지는 규칙이다. 이른 아침에는 어르신들이 운동을 하거나 정자에서 쉰다. 오전 10시부터 정오까지는 보통 어린이집 아이들이 놀이터를 차지한다. 선생님과 함께 꺄악꺄악 소리 지르며 신나게 논다. 한낮의 놀이터 손님은 초등학생들이다. 오후가 깊어지면 중·고등학생들이 바통을 이어받는다. 덩치 큰 남녀학생들이 유치원 아이들처럼 깔깔대며 노는 모습은 사랑스럽기까지 하다. 이따금 담배를 피우는 학생도 있는데, 그 모습이 보기 좋지는 않지만 눈꼴사납지도 않다. 학생들도 해방구가 필요하다고 생각하기에 그냥 두고 본다. 다만 집에서 뛰쳐나가 학생들을 말릴 준비는 늘 하고 있다. 누군가 담배 피우는 걸 지적했을 때 대들었을 경우 행동할 생각이다. 그것까지 두고 볼 수는 없다.

캄캄한 밤이면 청·장년들이 놀이터로 흘러들어온다. 술담배를 하거나 키스도 나눈다. 연인들이 키스를 나눌 땐 살금살금 베란다를 떠난다. 왠지 연인들을 방해하지 않는 게 내 몫인 것만 같아서 그런다. 훔쳐보고 싶은 마음이 '1'도 없는 건 아니지만 그 마음을 꾹 눌러 삼킨다.

시간이 흐를 때마다 놀이터 손님이 바뀌는 풍경은 나를 진지하게 만든다. 그 풍경을 거듭 보면서, 사람은 자신이 원하는 시간에 원하는 공간에 있어야 행복을 얻는 존재라는 생각을 했다. 물론 놀이터 손님 가운데에는 어쩔 수 없이 그 시간에 놀이터를 찾을 수밖에 없는 사람도 있을 거다. 그래도 억지로 놀이터라는 공간에 떠밀려 온 사람은 극히 드물지 않을까 싶다. 조그만 안식이라도 얻고 싶어서, 숨통 좀 틔우고 싶어서 제 발로 걸어온 사람이 대부분이라 짐작된다. 사람에게는 그걸 할 수 있는 공간이 필요하다.

이 생각을 하면서, 나는 픽 웃었다. 나에 대한 경미한 비웃음이었다.

'나이 좀 먹었다고, 굳이 의미를 찾아내려 하네?'

놀이터에서 어떤 의미를 건져내려 한 스스로가 웃겨 보였다. 철학자도 아니면서.

나이를 먹을 만큼 먹었는데도 철없는 짓, 나잇값 못하는 언행을 반기는 사람이 몇이나 될까? 남들이 철들고 성숙하기를, 우리 대다수는 은연중에 요구한다. 손가락질하고 나무라고 기피하는 행동의 바탕에는 그렇게 하지 말라는 요구가 깔려 있는 법이다. 이런 면에서 철들고 성숙해지는 건 일종의 의무 같다. 그 의무를 다하지 않는 사람은 사회생활과 대인관계가 어려운 게 현실이다. 다들 싫어하니 말이다.

사십 대의 저물녘인 탓일까. 내 마음속에 그 의무감이 점점 자라나는 느낌이다. 오십에 이르면 완전한 성숙을 이루어야만 한다는 생각이 갈수록 커져 간다. 그래야만 사람 구실 한다는 인정을 받을 것 같고, 내 자신에게 만족할 것 같다. 이런 나를 '완전 성숙 집착증'에 걸렸다고, 나는 진단한다.

나이 들어 몸의 눈이 어두워지면 마음의 눈이 밝아진다고 한다. 깨달음의 능력이 커진다는 뜻일 터이다. 물론 나이 먹는다고 깨달음이 저절로 찾아올 리는 없을 거다. 부지런히 마음을 갈고닦고 인격을 기르는 일이 따라야만 가능하리라 생각한다.

나도 노안이 오기 시작했다. 하지만 아직 마음의 눈이 밝아질 기미가 안 보인다. 그래서 조바심 난다. '완전 성숙 집착증'이 더 깊어질 조짐만 보이고 있다. 이런 병은 어디서 고칠 수 있을까?

다만 한 가지 다짐을 해 본다. 깨달음을 얻고 그 깨달음이 쌓이더라도 절대 자랑하지 않겠다는. 아랫사람에게 내세우고 강요하지 않겠다는. 그건 꼰대나 하는 짓이다.

쥐뿔도 모르는 꼰대의 엉터리 심리학

펴 낸 날 2024년 2월 29일

지 은 이   김학민
펴 낸 이   이기성
기획편집   윤가영, 이지희, 서해주
표지디자인 윤가영
책임마케팅 강보현, 김성욱
펴 낸 곳   도서출판 생각나눔
출판등록   제 2018-000288호
주   소   경기도 고양시 덕양구 청초로 66, 덕은리버워크 B동 1708, 1709호
전   화   02-325-5100
팩   스   02-325-5101
홈페이지   www.생각나눔.kr
이 메 일   bookmain@think-book.com

• 책값은 표지 뒷면에 표기되어 있습니다.
  ISBN   979-11-7048-358-8(03810)